誰是天使?

張曉風　著

Kai　圖

誰不急需故事呢？（自序）

1

「喂！你在幹什麼？」

遠方有聲音傳來，我不知發聲的人是誰，但我愉快地回答：

「我，我在說故事！」

「說給誰聽呢？」

「說給我的小孩聽哪！」

那時候，我三十歲，聲音清揚。

2

「喂！你在幹什麼？」

遠方又有聲音傳來，我仍不知發聲的人是誰，但我愉快地回答：

「我，我在說故事！」

「說給誰聽呢？」

「說給我的孫子聽哪！」

那時候，我六十五歲，聲音慈祥。

3

「喂！你在幹什麼？」

「咦？怎麼又是你！我在說故事，說給我第二個孫子聽——可是，你幹麼老問我同樣的問題呢？你不煩嗎？」

「因為，我覺得，你的答案，好像並不完全正確。」

這時候，我七十歲了，聲音蒼老：

「哦，謝謝你提醒了我，我的確是一直要說故事給孩

子給孫子聽——可是我也說給別的孩子聽。

「只是，在眾孩子中有一個孩子，我一直企圖說給她聽，她，就是我自己。

「原來，我是該去向我的母親索取故事的，然而，她老了，她的智慧匆匆逃跑了，她再也不會講故事了，我只好代替她來講故事給自己聽。

「而在去年夏天的某個清晨，她闔上雙目和我告別了，我從此只能永遠代替她來說故事給自己聽了——我跟天下的小孩一樣急需故事，誰不急需故事呢？」

「謝謝，謝謝你這段悲傷又甜美的告白。」

那聲音消退了，只剩下暗夜中窗前的滴答雨聲。

是的，我在說故事，我在繼續說故事。誰聽？隨便，重要的是，我在說故事——而且繼續說著故事。

張曉風 於二〇一一年一月二十三日

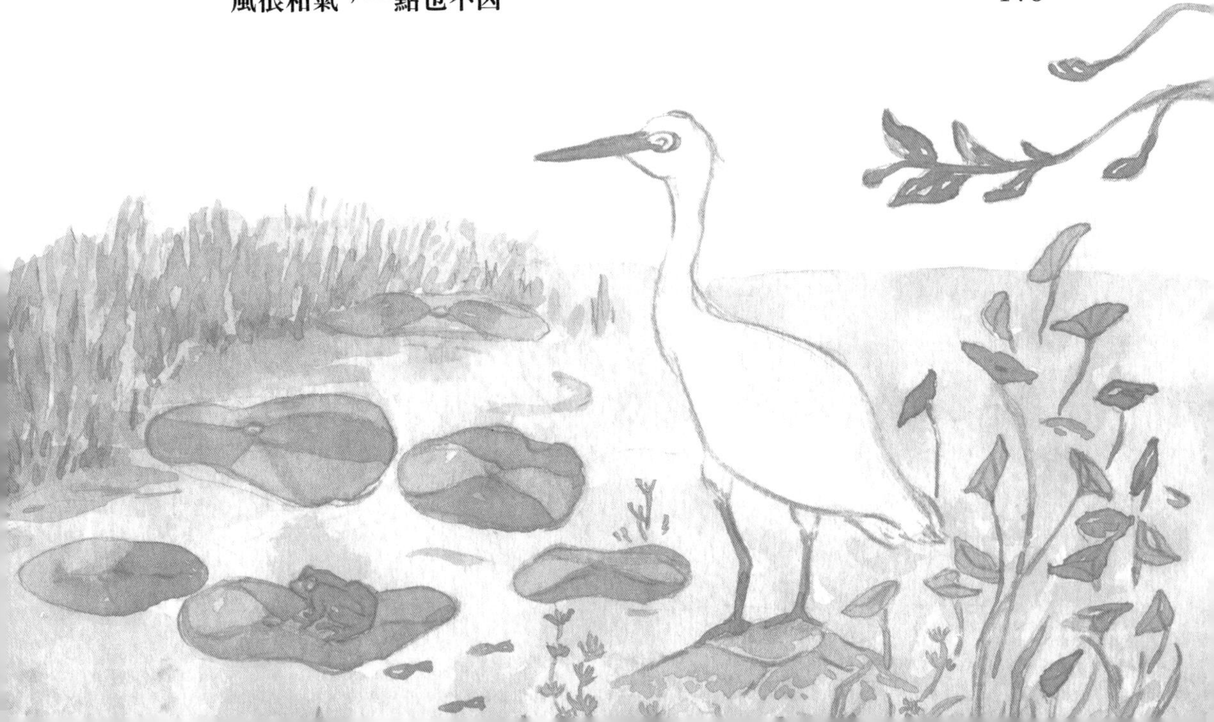

天使檔案

說到天使，哎，那真是說來話長哪！——

在很久很久以前，上帝造了人，並且也造了天使。上帝先造誰呢？好像是先造天使。這樣人類一出現在地球上，就有空中保母來照顧他。

在圖畫上，你會看到天使有兩隻翅膀，實際上呢？其實是沒有的。因為宇宙太大，用翅膀飛太慢囉，所以上帝的方法是讓天使有「意念力」，天使只要一動念頭想從臺灣去美國，就會立刻到了美國。

譬如說，有位老太太在臺中市祈禱，希望她在美國加

州讀書的女兒不要因為失去男朋友而太悲傷。天使就會立刻出現在加州，然後他出現在女兒的書房，在她背上推了一把。女兒看不見天使，只覺得背上痠痛，於是就站起來，並且走來走去活動一下。她站起來的時候，天使就立刻把她眼睛所及之處的一枝杏花，借一股風力推到窗前。

當然啦，也許你會問，怎麼剛好就有一股風等在那裡呢？哎，這就是天使的本事啦！因為他的老板是上帝，所以做起事來，必須非常確實而迅速，否則上帝也會罰他們的呢！

為了讓工作效率高，一般天使都要跟大地、跟海洋、跟花、跟樹、跟風、跟雪、跟陽光、跟月亮做好朋友，時時要跟它們套套交情，因為說不定什麼時候就要借用他們的長處。所以，就連一隻小蜜蜂，也常常是眾天使交友的對象呢！這樣說，有點不公平，好像天使多勢利眼似的，其實天使是為了人類，而且天使也常替小貓小狗小魚或風

花雪月努力解決問題呢！

　　對了，剛才說風，這位天使平時跟風交情不淺，所以就請風把花枝吹得顫悠悠的，有些菲薄的花瓣甚至給吹落了。那女兒看到這景象，不禁微微一笑，說：

　　「咦，我幹麼唉聲嘆氣？春天這麼好，我真該出去散散步！一個人悶在屋子裡生氣太不值得了。再不去散散心，春天就過去了！」

　　哎呀，你看，那老太太的祈禱居然在一秒鐘之間就被天使解決了，真是神奇呀！不過這也不全靠天使一個人的功勞，陽光、風、杏花、空氣，其他百草千花的香味……都一起出了力。而且，連那位老太太自己也有功勞，只是，她不知道。原來，在小女孩幼小的時候，她就曾帶著她到郊外去看山看水，並且順口教她唱了一首歌：

　　啊，小孩，小孩

好心情不用錢來買

如果你哀傷抬頭看看陽光

如果你憂愁低頭瞧瞧溪流

如果你孤單側耳聽鳥鳴婉轉

如果你寂寞大聲說：「我很快樂！」

小女孩其實從小就學會用大自然療傷，否則，只靠天使哪有辦法僅僅用藍天、白雲、清風、杏花就把她的淚擦乾了呢？

天使沒有性別，卻有年齡。他們的年齡很奇怪，大家一律都是活到一百一十歲，然後，他們就死了——不對，不是死了，而是自動又回到十歲了。為什麼不是恢復成為零歲呢？因為「幼兒天使」也跟「幼兒人類」一樣，是不會做什麼事情的。上帝造天使本來就是要來幫助人類的，不會做事情的天使你能叫他幹什麼呢？所以天使最小的年

齡就是十歲。

　　不過，其實也有例外的時候，那就是有些人類嬰兒生下來就有缺陷，他們活不長，短短的一生都必須躺在床上。這時候，上帝就會派一種「幼兒天使」來陪這些長不大的嬰兒，他們平時都會睡在這些嬰兒的身邊，唱些只有那種嬰兒聽得到而我們聽不到的美麗歌聲。如果你看到那種缺陷嬰兒偶然在睡夢中甜甜一笑，那就是表示他們為幼兒天使的歌聲所感動了。

　　這種天使是另一個種類的天使，他們的年齡是零歲到十歲，他們不會做什麼事，他們只負責陪伴生病的小孩。他們只會唱歌，非常非常好聽的歌，這種小小天使以前都只派去陪生病的小孩，不過，不知怎麼回事，最近人類平均年齡增加，忽然多出許多老人，所以幼兒天使就忙碌起來，他們除了陪伴小孩，也兼職去陪痴呆或臥床的老人。

　　這三種人都算是「沒有祈求的人類」，他們不會求財、求名、求兒女、求職業，所以只須唱歌給他們聽就好

了。而唱歌給老人聽必須大聲一點，好在天使可大可小，他們常常縮到比蚊子還小的尺碼，躲在老公公老奶奶的耳孔裡唱些非常非常感人的歌。

　　有些聰明的作曲家就會跑去陪陪老人院中或醫院中的老公公老奶奶，當他們看到老公公老奶奶眼中充滿笑意或淚意的時候，他們就知道幼兒天使又躲在耳孔裡面唱歌了。這時候，他們就趕快努力聆聽並且記下來，只要記個一句半句，我們都會覺得那是天音，是最美最美的旋律。

　　好了，我們現在知道了，少部分的天使是零歲到十歲的天使，他們只負責唱歌安慰。而大部分的天使是十歲到一百一十歲，他們負責幫助上帝收集人類的祈禱，並且儘快促成它實現。

　　天使只出生，不死亡，到了「年齡極限」就自動從「老天使」回復為「小天使」。

　　而天使數目歷代以來都在增加，本來，上帝讓一個天使服事二十個人類，天使已經夠忙了，（試想，哪家媽媽

能照顧二十個小孩呀？）不料，人類近年來各種怪要求愈來愈多，例如有人會說：

「哎呀！上帝，幫幫忙，叫那隻小鳥閉嘴好嗎？我昨天晚上有應酬，喝酒喝到三點耶！我現在要睡覺！吵死人了！」

唉！這樣的事情真叫天使不知該怎麼辦，他當然可以打個商量，叫小公鳥去別處唱，但小公鳥的歌是唱給牠所喜歡的一隻住在附近的小母鳥聽的。命令小公鳥別唱，等於破壞了鳥類的繁殖和育嬰，這是老板（也就是上帝）會罵的事啊！——而正在他考慮又考慮的時候，他的另一個人類主人又在跺腳：

「天氣這麼熱！叫人怎麼活呀！老天呀！來個颱風吧！」

這是什麼話！天使才不亂聽指揮！

天使很忙，天使從不失業，但也有例外，這例外常發生在戰爭時期。像二次大戰的時候，日本軍人在南京城殺

死三十萬手無寸鐵的人民，這些人類的守護天使因為眼睜睜看著大屠殺在進行而束手無策，便一起站在雲頭痛哭失聲……，當年天使的數目約有一萬五千。

在歐洲，二戰的時候希特勒殺了六十萬猶太人。立刻有三萬天使失業。想想看，三萬天使，站在雲頭，一起為他們的失職號啕大哭，那是什麼景象！據說，那一年在東方在西方，麥稈和稻稈怎麼晒都晒不乾，因為天使在深夜的天空中都忍不住一直哭，一直流淚……。

我們說過，天使其實是不會死的，但他們可以透過申請「提早回歸」成為零歲或十歲。二次大戰期間忽然多了許多幼兒天使，這些天使都是因為失去了主人，不勝悲傷，才要求回歸為幼兒天使的。好在二次大戰結束後，許多家庭都趕快生下新娃娃，所以新的小天使也就有了工作了。當然，在戰爭期間那些病死、餓死和受傷而死的小孩也都是由幼兒天使一路陪伴的。

　　做天使的質材是透明的，所以平時我們看不見天使，但只要天使願意，他也可以變成可見的。天使的形狀是絮狀的，主要是為了行動方便。如果他們需要被人類看見，他們會按照故事書上的形狀，把自己弄成可愛的有翅膀的小孩的模樣。

　　天使既沒顏色又沒形狀，為的是在執行任務的時候不驚擾世間凡人。但天使卻常常隨身帶著有趣的氣味，並且帶著溫度。

　　假如你在炎熱的夏天感到一陣涼風，那就是天使帶來的了。如果你在寒冷的冬天忽然覺得手心有一絲溫暖，那也意味著天使特來送暖了。至於有時候走在車陣之中忽聞一陣花香，那絕對毫無疑問是天使來了。有人在睡夢中聞到兒時烤番薯的香味，那更是天使帶來的。至於有人在生病時忽然想起故園中泥土的氣息，那也是天使悄悄去找來的。

　　不過呢，這樣說起來好像天使是個爛好人，其實也不是。譬如說，有人做了壞人，他們或殺人或放火，或騙人錢財，天使都會灰頭土臉，覺得非常慚愧，甚至覺得活不下去。其實，那些人之所以變壞，都是因為很久很久以前有一批「壞天使」出現，壞天使就是我們熟悉的「魔鬼」，他們因為背叛上帝而變邪惡了。人類如果對魔鬼不理不睬那就沒事，可惜很多人類就是喜歡跟魔鬼打交道，害得好天使常急得像熱鍋上的螞蟻。

　　天使執行任務很多萬年了，所以也就歸納出一些心得來。這些心得後來成了「天使守則」，這些守則有點像「天使大會」討論出來的結論。只是天使開會跟人類開會的方法不同，因為天使很忙，他們從不休息，就算我們睡覺了，他們也在為我們祈禱，注意我們在睡夢中是否心靈純潔，並且保佑我們不被噩夢干擾。所以天使只好用「隔空心靈交會」來彼此溝通。

　　天使守則的第一條就是「只回應祈求，不理會抱怨」。

　　如果有人說：「上帝啊！我快累趴了，但我的工作還沒做完，幫助我，給我一些力量吧！」天使就去幫他的忙，讓他可以撐得下去。但如果那人說：「要死啦！這算什麼鬼天氣啊！熱得死人啊！」天使不但不理，搞不好，有些頑皮的天使還多吹一口熱風讓他更難受。

　　天使守則的第二條就是「如果有人不存感恩的心，下次就不再送他東西」。

　　像陳守誠，有一天歡呼了一聲：「哇！感謝上帝，阿新送了我跟弟弟一人一支冰棒，好涼好甜喲！」他的弟弟陳守信卻嘆了一口氣：「小氣鬼！送東西也不懂得要送一盒，送一支幹麼？塞牙縫啊！」結果兩人從學校一路走回家的時候，有一隻狗一直企圖去舔弟弟的冰棒，弟弟猛力把冰棒往上一舉，卻沒注意腳下有石頭，結果一個踉蹌，冰棒就掉到地下，被狗啣跑了。在這個過程中，天使都不

幫他一把。

　　而哥哥的冰棒這時也剛好吃完，不能分他了。更倒霉的是，因為哥哥的臉始終笑咪咪，而弟弟卻哭兮兮，所以，走經超市門口有人分發試吃樣品，那人也只分給哥哥，卻沒分給弟弟。而且，那樣品還是巧克力冰淇淋呢！

　　天使的第三條守則是「凡有的，還要加給他，凡沒有的，連他所有的也要奪去」。

　　不過這項原則指的是正面的收穫，偷偷騙騙是不算在內的。這條原則常常會把小天使搞糊塗了，以為天使很現實，只肯錦上添花，不願雪中送炭，其實不是。（順便解釋一下，小天使雖是老天使變的，但一變回小天使便又有點傻乎乎了。）這只是說你努力讀書，讀到有八十分的程度，天使一幫忙，你就頭腦靈活，考了九十分。但若是你不用功，上課又不聽，考起試來，你只有考十分的程度，天使又懶得理你，你一急，頭腦昏昏，就考了個零分。

　　天使的行事守則不多，總共有二十三條，但一時也來

不及詳細介紹了。總之，我們一生中如果幸運，一定可以感應到天使的幫忙，到時候要記得小聲說一句謝謝哦！

——原載二〇一〇年四月十五～十七日《國語日報·兒童文藝》

雅文小天使

　　雅文不是天使，但她覺得自己是──因為，她扮演過天使。事情是這樣的：

　　去年年底，耶誕節，雅文在教堂的晚會中演戲，戲裡有人演馬利亞，有人演約瑟，有人演牧羊人，也有更小的不太會說話的孩子演小羊。雅文因為五歲了，會背幾句臺詞了，所以分配她演小天使。那次戲演得不怎麼好，演到一半有一隻小羊忽然哭起來了，她一邊哭，一邊站了起來，而且，還大聲叫媽媽。哎呀，羊只應該咩咩叫，而且小羊應該四隻腳爬著走路，怎麼可以兩隻腳站著，兩隻手

還忙著擦眼淚，這是什麼怪小羊啊！不過，奇怪的是臺下的觀眾——也就是教堂裡的那些叔叔、伯伯、阿姨、姑姑們——都不生氣。相反的，他們拍手大笑，一點也不在意。雅文卻演得有板有眼，非常認真，每一句臺詞她都背得很熟。最讓雅文興奮的是邱老師為雅文準備了一套潔白的「天使衣」。會後，許多阿姨、叔叔都翹起大拇指稱讚雅文演得好，其中有些也讚美她的「天使衣」漂亮。有位阿姨甚至說：

「哎，連雅文啊，你知道嗎，我從小就想看到天使，可是卻從來也沒看到過，今天晚上看見你跟在大天使身旁演小天使，哇！我覺得我好像看到真的天使了，而且，不騙你哦！我看見你頭頂上有光圈呢！」

在畫片上的小天使頭上都有一圈小光環，這個，連雅文也知道。但那天晚上演天使，怎麼自己頭上也冒出光圈來了？連雅文不太敢相信。於是去問另一個于阿姨，于阿姨是老師，說話比較值得信任。

「于阿姨，我剛才演天使的時候，頭上可有光圈冒出來嗎？」

于阿姨想了一下說：

「有點光亮是沒錯，不過，不是剛好在你頭上有一盞燈在照嗎？」

雅文嘆了一口氣，說：

「哦，原來是燈光，我還以為我真的變成小天使了呢！」

但從這一天開始，雅文就有個傻念頭，她想，「我會不會也能做天使，說不定我已是個小天使了，只是我不知道⋯⋯」

她摸摸自己的後肩，平平的，並沒有長出什麼翅膀來，她有點慶幸又有點惆悵。

雅文第二天去幼稚園，她是大班的小朋友。

很湊巧，幼稚園裡教唱的歌剛好也是跟天使有關的歌：

小天使，小天使

你家住在哪裡

你的翅膀如果飛累了

你去哪裡休息

我是天使我不休息

我的翅膀如果飛累了

只要去月光裡泡一泡洗一洗

其實我不用翅膀也可以

小天使小天使

我想跟你住一起

請告訴我，你怕什麼東西

我不怕風不怕雨

但我怕爭吵我怕妒忌

小天使小天使
請告訴我，你恨什麼東西

上帝造的萬物都可喜
我恨人心中的驕傲和詭計

　　唱這首歌的時候小朋友分兩隊站好，一隊扮演小孩，一隊扮演小天使，雅文站在小天使那一組，這兩隊就你看我我看你，面對面唱歌表演。

　　正當他們唱完歌要去吃點心的時候，對面扮演小孩那一組中有個名叫文彥彥的小朋友忽然大叫一聲：

　　「老師，我覺得連雅文好像真的天使哦！」

　　老師笑了一下，沒有說話。連雅文卻嚇了一跳，怎麼又有人說自己像天使？但為了不想跟別人不一樣，她趕快

聲明：

「才不像呢！我又沒翅膀！」

但放學的時候，她卻悄悄跑到司機伯伯前面，說：

「王伯伯，我想問你一件事，我們只能講悄悄話，你不要讓別人聽到喔！」

「好哇！雅文有什麼事呢？」王伯伯平時是個大嗓門，現在卻壓低聲音跟雅文說話。

「我想知道小孩子要怎麼樣才能變成小天使——小孩子到底真能變成天使嗎？」

「我想是可以的，」王伯伯一臉正經，「但至於怎麼變法，你要讓王伯伯想一下。喏，這裡是我家電話，你等下六點鐘打電話給我，現在我要去開車送小朋友回家，不能多想你的問題，等我到家想通了，再來告訴你。」

雅文很喜歡王伯伯，因為他聽雅文說話的時候十分正經又十分慎重，相比起來雅文的爸爸就有點討厭，同樣的問題如果問爸爸他就會嘻皮笑臉：

　　「哎呀，哎呀，不得了，我們的小雅文想做天使啦！」

　　這時候哥哥雅知就會拍手大笑，說：

　　「哇呀！人小鬼大，居然想做天使！別笑死人了！要知道，天使的故事是專門拿來騙你們這些笨笨的小女生的呀！」

　　唉，所以，才不要告訴他們！

　　六點到了，媽媽在廚房燒飯，爸爸十五分鐘以後才會回到家，哥哥在玩電腦，雅文躲在廁所打電話。

　　「喂，王伯伯嗎？我是雅文，你想出什麼辦法了沒有？」

　　「好，我想到了，你必須去為別人做一些事情，一些好事情，──但是，注意哦，你要偷偷的做，不要讓別人知道！」

　　接著，王伯伯又說：

　　「還有，天使既然討厭爭吵，你就想方法讓周圍的人

不吵來吵去，這樣，天使就喜歡留在你身邊，你多被天使感染感染就容易像天使了。」

「哇！王伯伯你好厲害，你什麼都知道！我知道該怎麼做了。」

那天，吃過飯之後，媽媽照例又去嘮嘮叨叨跟爸爸說：

「阿勤啊，記得要洗碗啊！你的名字裡有個『勤』字，你要勤快一點才能名符其實啊！」

「知道了啦！」爸爸應了一聲，卻又嘀嘀咕咕小聲抱怨，「哼！我爸給我取這個名字是叫我勤學，才不是叫我勤洗碗的──」

「你在念什麼呀，趕快去把碗洗了吧，我要走了，我快要遲到了。」

媽媽走了，她趕著去上日文課，爸爸依然對著電視坐著不動，哥哥也跟吃飯前一樣，在玩電動遊戲。

雅文去把碗洗了，並且烘乾了。

　　兩個半小時之後，媽媽回來了，看到廚房都收拾好了，她顯然很高興。

　　「哎呀，阿勤，你今天真的好勤快呀，不用我三催四請，你已經把碗洗好了。」

　　爸爸從沙發上睜開惺忪的睡眼：

　　「咦！奇怪，我洗了嗎？我怎麼都不記得？是我夢遊洗的嗎？還是有小天使出現替我洗了？」

　　雅文躲在房間裡畫圖畫，假裝沒有聽到。心裡卻非常高興，原來要做天使是那麼容易啊！

　　雅文繼續用這種方法到班上去實驗，她在麗明的鉛筆盒裡偷放了一包巧克力，在老師的書裡偷夾了一枚書籤。文彥彥喜歡昆蟲，雅文就準備了一個漂亮的塑膠蚱蜢，趁文彥彥睡午覺的時候塞在他的口袋裡。但文彥彥是個好孩子，他睡醒的時候雖然驚喜萬分，卻規規矩矩跑去找老師，並且跟老師說：

　　「老師呀，不知是誰的蚱蜢，跳到我的口袋裡來

了！」

老師於是問全班小朋友，都沒有人承認，老師就叫文彥彥拿去，老師說：

「沒有人的，你拿去吧！如果以後有小朋友想起來是他的，老師就負責賠他一隻，你的這一隻，我猜是小天使送給你的呢！」

雅文偷偷笑了，她笑的時候頭上竟然出現亮亮的光圈呢！

有一天，奶奶住院了，她得了胃潰瘍，去開了刀，要在醫院休息幾天，雅文請爸爸幫她錄音，做了一片ＣＤ，裡面全是雅文唱的歌。哪些歌呢？雅文向爸爸打聽奶奶從前都愛唱哪些歌，但那些歌有些雅文會唱，有些不會，雅文挑了十首來唱，像「我家門前有小河」、「兩隻老虎」（但爸爸說奶奶以前唱的是「三隻老虎」）、「一閃一閃亮晶晶」……。

奶奶收到ＣＤ片很高興，她因為住院正有點無聊，奶奶問說：

「這是哪位大歌星唱的呀？真好聽呢！」

雅文眨眨眼睛說：

「嗯，是一位神祕歌星呢！不可以講名字哦！」

奶奶笑了：

「哦，真神祕呢！我猜是一位小天使錄的吧？如果你有機會看到那位小天使，記得幫我謝謝她哦！她的歌聲很甜美呢！」

「好呀！好呀！我一定會記得幫你謝謝她。」

更好的事情還在後頭，爸爸自從發現有小天使常趁他打盹的時候「偷幫」他洗碗，忽然變得很有警覺性，每次吃完飯他就趕著跑進廚房，一面還大聲說：

「哈哈，小天使呀！我一定要先『搶著洗』，免得你來『偷著洗』。」

　　自從爸爸搶著洗碗之後，媽媽對爸爸十分滿意，家裡也就沒有吵架聲了，雅文想起那首歌，天使是很怕爭吵的，那麼不爭吵的地方，天使是應該很喜歡住下的囉！不過，不管天使住不住他們家裡，雅文自己已經是個小天使了，所以家裡可能有了兩個小天使呢──不，可能只有一個半，雅文想，也許現在自己還只算半個天使吧？

──原載二○一○年四月三十～五月一日《國語日報·兒童文藝》

清明之後

　　清明節，幼稚園放了幾天假，收假的那一天，一大清早，每個小朋友都又坐上娃娃車上學去了。

　　幾天沒見面，大家都很興奮，娃娃車裡嘰嘰呱呱的，吵得像個菜市場。

　　「不要吵！不要吵！吵到司機伯伯都不好開車了！」隨車老師說。

　　但大家還是忍不住在大聲說話，其中王美崙最可惡了，她說：

　　「怕什麼？開車又不是用耳朵開的！」

　　大家哈哈大笑，車子裡更吵了，其實大家起先有些吵

都是黃新基惹出來的。黃新基清明節跟媽媽回家掃墓，而媽媽的老家在澎湖小島，為了避開交通擁擠，黃新基甚至還多請了一天假。所以別的小朋友是三天沒來，他卻是四天沒來了。澎湖太陽比較猛烈，黃新基晒得紅冬冬的，像隻大龍蝦，大家一看他就笑，黃新基自己也笑。

其他每個人都急著講自己的「掃墓經驗」，陳旭光講得最大聲，他幾乎不是「講話」而是「叫話」。他說：

「你們知道嗎？我們去掃墓的時候，我阿祖隔壁的墳墓失火了喔，就在我阿祖隔壁吶，哇！好危險，都靠我救火成功，大家才沒被燒死！」

「吹牛，吹牛，你哪有那麼大的本領？」

「哼！失火了就該打一一九，」唐安怡永遠是一副老大姐相，「老師都教過的！小孩子自己救火很危險！」

「哈！哈！哈！不危險，」陳旭光十分得意，「你們猜我怎麼救的？」

「你怎麼救的？」

「我家車子往墓地去的時候，經過一個攤子賣甘蔗水，我就請爸爸買一瓶給我喝，可是，媽媽罵我浪費，叫我喝自己帶的白開水就好。結果爸爸說屏東甘蔗很甜，讓我試試吧！我喝了一口，真的很好喝，就捨不得喝，一直到下車都拿著。結果，失火的時候我就是用甘蔗水澆熄了火苗的呀！」

「小小一瓶甘蔗水就可以滅火，那火一定很小很小！」唐安怡仍然不表同意。

「後來從墓地開回家的時候，爸爸又買了一瓶甘蔗水還給我。爸爸說，那一瓶算是滲到地底下，請了阿祖的隔壁鄰居喝了！」

車上一片吵吵嚷嚷中，平常多嘴多舌的文彥彥卻意外的很安靜。不過他雖不說話，卻不時有些奇怪的動作。他的位子在連雅文的前面，他每過三、五分鐘就要扭過頭來對雅文做個奇怪的鬼臉。有一次，趁著大家正在大笑的時候，他用很小的聲音對連雅文說：

「我知道一個祕密！」

雅文有點煩，也就沒理他。

等下了車，他走在雅文身邊，就笑得更詭異了，但好在他用的是十分細小的聲音：

「我知道一個祕密哦！」

「你煩不煩啊！」

「我不煩，我知道誰是我們班上的小天使了！」

「啊！你怎麼知道的？」

雅文此話一說出口就立刻後悔了，她發現自己應該說：

「咦？你說什麼天使呀？」

但是，來不及了。

「你放心，我雖然知道誰是那個可愛的小天使，可是我也知道她不喜歡人家知道──所以，我一定一定不會說出去的啦！」

雅文放心一點了，但是文彥彥還不死心，中午休息的

時候，他又拉著連雅文跟她說：

「可是，我也很想做小天使，『那個小天使』一個人做小天使不太好，我幫她一起做比較好啦！求求你嘛！」

「你告訴我，你怎麼知道小天使的事的？」

「因為清明節放假嘛，我陪媽媽去買菜，走到菜場附近看到有間文具行，他們也賣小玩具。我看到一隻塑膠蚱蜢，跟我的那隻長得一模一樣，我就跟老板說：『啊，老板，我也有一隻塑膠蚱蜢，跟你這隻一模一樣哦！』我掏出來給他看。他一看，就笑了，說：『啊！這一隻我認識，它是一個漂亮的大眼睛的小妹妹買的，原來是送給你這個小帥哥了！』我說：『咦？你這些蚱蜢不都長一個樣嗎？你怎麼認識我這一隻是誰買的？』他說：『當然認識了！那天小妹妹和她的媽媽經過，看到這些蚱蜢，她很高興，說：「啊，我有一個同學，他很喜歡昆蟲，買一隻送他，他一定很高興。」可是我一隻要賣十二元，她卻只有十元。但我看她很可愛，像個小天使，就說：「啊，這裡

有一隻特別勇敢的蚱蜢，可以便宜賣你哦！」她聽不懂，問說：「為什麼勇敢的蚱蜢賣得比較便宜？」我說：「因為它太勇敢，所以愛打架嘛。你看，別隻蚱蜢有十隻腿毛，它只有九隻，打掉了一隻嘛，所以，就便宜賣你好了！」小妹妹笑起來，顯得很高興，就買了這隻九根腿毛的蚱蜢。所以我就認得出它啦！』你看，你看，我簡直就是神探文彥彥，我可以找出是哪個小天使跑去偷買蚱蜢來送我的哦！」

「啊！原來你也去了『胖叔叔文具店』了！」

連雅文一說完又立刻後悔了，她發現自己好像愈來愈承認自己就是祕密小天使這件事了。

「啊，那老闆是有點胖，但是他的手肥肥綿綿的，很可愛哦！」

中午休息的時候，連雅文忽然想起一件事，因而變得有點興奮：

「文彥彥，你忘了！你的志願是將來要做『大神探文

彥彥』，不是嗎？你還是去做神探比較好，你頭腦聰明，適合做神探，做天使很辛苦，而且要保密，你嘴巴大，不適合做天使啦！」

「哼！辛苦？我才不怕辛苦！你以為做神探不辛苦嗎？我有一次一個人在冰淇淋店對著窗外數車子，那時候我爸爸去停車，我一面數一面記，經過的轎車有二十三輛是『托約他』，十八輛是福特，兩輛是寶獅，一輛『夾瓜』……」

「好啦，好啦……」

「所以說，要做神探也是很辛苦的，等我爸爸停完車回來，我的額頭都紅了呢！」

「紅了？額頭？」

「對呀，冰淇淋店在二樓，我在椅子上跪著，把額頭抵在落地大玻璃上，數下面街上的車子，數久了，額頭都變紅了！我才不怕辛苦呢！『做小天使』也不會太辛苦啦，我不怕！而且，我也不會洩露祕密，你想，神探可以

洩密嗎？當然不可以啦！」

「你還是努力去做神探吧！做神探已經夠你累了！」

「『神探』和『小天使』不衝突呀！你想，不做神探怎麼能做小天使呢？『快樂王子』能幫助別人，就是因為有一隻『小燕子』飛東飛西，並且跑來告訴他什麼地方有需要呀！」

連雅文本來就不多話，現在更是說不過文彥彥，只好低著頭不理他。文彥彥覺得連雅文既然不說什麼，就等於默認了，他於是高興的宣布：

「啊！我們來成立『雅文二人組』吧！」

「雅文是我，我是一人，怎麼會變成二人組了？」

「不對，不對，『雅』是你，『文』其實是我，我叫『文』彥彥，你忘了。而且，你知道嗎，我的『彥彥』這兩個字裡面也藏著兩個『文』在上面哦！所以叫『雅文二人組』，不錯哦！」

「譬如說，有個老伯伯，騎著三輪腳踏車，車後載了

一些回收的報紙，走上坡，很累，你願意幫忙推車嗎？」

　　「當然可以啦，你忘了，我很有力氣哦！」

　　文彥彥說著便挽起袖子，舉起膀臂。

　　「你們兩個快去午睡！」老師走過來，口氣不太高興。

　　兩人於是都只好去睡覺了，文彥彥睡著了，他夢見自己成了天使。但在夢裡他也很囉嗦，他叫天使長要給自己一副比較大的、比較厚實的翅膀，因為他比較胖的緣故──哦，不是，是長得比較結實的緣故。

　　　　　──原載二〇一〇年五月十四～十五日《國語日報·兒童文藝》

天使立志書

「唉！」雅文嘆了一口氣，她很不快樂，因為本來屬於她的祕密，現在被自認為是「神探」的文彥彥知道了。

更離譜的是，文彥彥也想來「做天使」，這又不是分糖果，只要伸手就可以拿到一顆嗎？

好在文彥彥只是小聲說話，他平常其實是個聲音高、動作大的小孩，今天他低聲下氣說要來做天使，也算是個好孩子了。

但雅文並不覺得自己該做文彥彥的「天使教練」，他成天亦步亦趨的跟著自己，也真夠煩人啊！好在想了很久，連雅文終於想出一個好方法來了。她的方法就是叫文

彥彥去找王伯伯。

「去找王伯伯？找王伯伯幹什麼？」文彥彥不太服氣。

「王伯伯懂很多東西，老師不知道的他都知道哦！譬如說，每天太陽幾點鐘會出來，他都知道呢！王伯伯以前做過軍人，他以前受過傷，還做過連長呢！你想做『神探』做『天使』，他都能教你的！」

「哎呀，雅文，看來你才是個神探哦！我怎麼都不知道王伯伯是很有本領的人，我只知道他會開車而已。」

「等一下下課你不要去廁所，你去找王伯伯聊聊。」

要找王伯伯很容易，只要是好天氣，他一定坐在庭院裡一塊黑色大石頭上彈古箏，那塊大石頭天生中凹外凸，有點像張大沙發。那裡離教室遠，小朋友上課不會聽到古箏的聲音。不過有些小朋友好奇，下了課也會跑去聽他彈。

如果他不坐在石頭上，那就是在修剪花木或澆水了。

他個子長得高高的，頭髮剪得短短的，褲子永遠是條牛仔褲，上衣永遠是紅恤衫，粉紅、棗紅、正紅、紫紅、橘紅、咖啡紅……，所以老遠就可以看到他。

「王伯伯，我要問你一件事。」

「好，你問。」王伯伯繼續彈古箏。

「我知道我們班上有人是小天使——所以，我也想做小天使。」

「哦！這可是一件大事！」王伯伯停下來，不彈了，「你什麼時候有這個心的？」

「前兩天，清明節的時候，我們家去掃墓，我看到很多墓碑，我忽然想，如果有一天我也死了，墓碑上寫著『文彥彥，神探加天使』，那是多麼好啊！」

文彥彥說話的時候，王伯伯掏出一張紙來，在上面寫了些字，等文彥彥說完，他就把紙條遞給文彥彥，說：

「你把紙上的字念一下，有注音的，小聲念，不要給別人聽見。」

文彥彥於是
小聲念道：
　　「立志書，
我，文彥彥，立
志要做小天使，造
福人類和萬物。」
　　「你如果真
的想做小天
使，那就簽個

名吧！」

「咦？『那個小天使』，我是說，我們班上的『那個小天使』，她也填過這張『立志書』嗎？」

文彥彥因為一直很想做神探，對法律問題也很有概念，他不會隨便簽名的。

「嗯，你們班上『那個天使』不用簽，她天生就有天使細胞。」

「那——我沒有嗎？」文彥彥有點生氣，臉都掙紅了。

「也許有吧！」王伯伯又去撥了兩下古箏，「不過不夠多。」

「那意思是說，我不太配做天使囉？」

「也不是這樣說，」王伯伯不撥古箏了，他抬起頭來，定定的看著彥彥，一面伸手去拉住彥彥的手，口氣有一點悲傷，「彥彥，你是個好孩子，你很聰明，但是，太聰明了，所以不知道什麼叫單純。甚至也不太知道什麼叫

善良。這種人，要做天使很辛苦，但是，你還是可以學得會的。有些人天生就像天使，有些人要努力學習才能做天使。有些人，必須學到累得半死才會有那麼一點點像天使。」

「我是哪一種？」

「你是中間那一種，所以我要你簽『立志書』。我怕你學做天使學了一半就『落跑』了！你們班上『那個小天使』不同，她天生就會一輩子好好做天使！」

「我如果簽了『立志書』，要交給你嗎？」

「哈哈，」王伯伯笑了，「你很有防備心哦！我才不拿你的『立志書』呢！替你保管？那太麻煩了！你自己收著，但收著收著很容易弄掉，也容易被別人發現，我勸你找個小玻璃瓶，把紙條塞進去，然後找一棵樹，把小瓶子埋在樹下。你做這事不必讓我知道，也不必給爸爸媽媽知道。當然，如果你想讓誰知道也可以啦！反正，我不想知道。」

「這樣，我把立志書簽好，把瓶子埋好，我就可以變成小天使了嗎？」

「哈！哈！胡說八道，哪有那麼容易？你要先有一顆天使的心才會變成天使。但在你『有一顆天使心』之前，你要先做很多『天使事』才行呢！」

「如果我努力做許多『天使事』，然後，我就有了『天使心』。然後，我就可以贏過我們班上的『那個小天使』了嗎？」

「唉，」王伯伯又去彈他的古箏了，「彥彥啊，彥彥啊，你這種想打倒別人勝過別人的想法，就不是『天使思維』了！真正的天使只想幫助人，從來不想做『天下第一天使』或『天使大王』什麼的。」

「啊！」文彥彥好像忽然想起一件事，「王伯伯，你不要騙我，你知道這麼多天使的事，看來你自己也是個天使，而且是個大天使，對不對，對不對？」

「我不告訴你。」王伯伯又低頭去彈他的古箏了。

「哼，不說拉倒，我是大神探文彥彥，我一定會去調查清楚這件事的。」

　　「我是不是大天使，這件事不重要呀！我說的話如果有道理你就聽吧！如果沒道理你就別理我也就是了——不過我要提醒你，那張立志書要收好，如果不想簽就撕了，要知道，做天使也是很辛苦的哦！」

　　「所以——我以後會不會只是個『二流天使』？因為我的『天使細胞』不夠多？」

　　「唉，你在胡說什麼呀！天使就是天使，沒有什麼『二流天使』，不過，假如真的有『二流天使』，你會不會寧可不做天使，也不肯做『二流天使』呢？」

　　「這這……我不知道，」文彥彥急得有點口吃了，「好吧，就算努力半天也只夠格做個『二流天使』，我也要做天使，我自己幾流不重要，有人因為我而得到幫助才重要！」

　　「這句話倒還像人話！」王伯伯笑了。「哦，不對，

應該說，像『天使的話』！」

　文彥彥小心翼翼的把那張「立志書」摺好帶走了。

　　　　　　——原載二〇一〇年五月二十八～二十九日《國語日報·兒童文藝》

新天使的第一天

　　文彥彥站在陽臺上，手裡拿著「天使立志書」，心裡實在有點憂愁，又有點舉棋不定。他非常謹慎的把紙條摺疊好，藏在褲子左邊的口袋裡，右邊的那個口袋裡則有個小玻璃瓶。瓶子很小，只有三公分高，是上次出國的時候，在旅館吃早餐的時候留下的小果醬瓶。

　　「唉，其實不做天使也不錯啦！」他對自己說，「我們幼稚園裡的同學，大家都不是天使嘛！連我自己也不是天使呀！不做天使也過得好好的嘛！」

　　「彥彥呀！來吃水果了，」媽媽在餐廳大叫，「不要

一直站在陽臺上，那裡風大！」

「我不怕冷，我穿了毛衣。我不吃水果，我要看對面人家的小鳥在唱歌。」

「隨便你啦！對面人家的小鳥是關在籠子裡的小鳥，那種小鳥唱的歌也不會太好聽，水果你不吃就會被你妹妹吃完囉！」

可是文彥彥有好多事要想，媽媽太囉嗦，一定不能理她，他繼續留在陽臺上。

「只是，不做天使真不甘心，既然連雅文可以做，我為什麼就不能做？而且，司機伯伯說我做天使比雅文要辛苦，如果『更辛苦』，那就是『更了不起』的意思了，這麼『了不起的工作』，我怎麼可以放棄呢？」

文彥彥想著，又把自己寫的立志書拿出來看了一遍：

　　我，文彥彥，非常羨慕做天使，非常想去幫助人，我是真心的。我有點怕吃虧，我有點怕吃苦，而且我容

易生氣，有時候會罵人，有時候還會打人。但是，上帝呀，我就是想做天使，我一定會努力做個好天使，直到我死的那一天。

這張立志書大部分是用注音符號寫的，文彥彥看了一遍，飛快的簽上文彥彥三個字，他怕簽慢了，自己就會後悔了。

「媽媽，我去樓下公園裡玩一下鞦韆！」

媽媽嗯了一聲，文彥彥便火速跑下二樓，手裡還握著一把小鏟子。到了公園裡，他在油加利樹下挖了一個小洞，然後把摺得小小的立志書放在小玻璃瓶裡埋了下去。今天下午因為下過一場雨，所以土很鬆，很好挖。埋好立志書之後，他去洗了手，然後便去打鞦韆了。

後來，文媽媽在窗口一望，發現彥彥在樓下玩鞦韆，便大聲叫他：

「彥彥啊，不要再玩了，回家了，該吃晚飯了！」

　　彥彥瞞過媽媽，很高興。做天使很麻煩，既要保密，又要誠實，很難耶！這一次，他算驚險過關。剛才埋玻璃瓶的時候，如果剛好被媽媽看到，那就麻煩了。

　　彥彥回家以前轉頭再望了一下那棵油加利樹，也許因為新下過雨，每一片葉子都顯得青青翠翠的。彥彥想到，就在這棵樹下，埋藏著他祕密的心願，心裡覺得又踏實又甜蜜，而且還有一點神祕的自得。

　　不過，麻煩來了，就在彥彥離開公園往二樓走上去的時候，他想到一個嚴重的問題。那就是，自己的立志書已經簽了名了，所以現在他已經立刻就得「開始做天使」了。可是他還沒準備好啊！現在，回到家裡，他必須要讓媽媽知道自己已經不是普通小孩子了。唉，該說什麼話或該做什麼事才會像個天使呢？而且，彥彥的家住在二樓，沒走幾步就到了，想利用在路上的時間來想想也來不及了。

　　好在事情很順利，彥彥跑到二樓門口，忽然聞到廚房

裡傳來咖哩雞的香味，彥彥的媽媽是從馬來西亞來臺灣讀書的華僑，後來嫁給爸爸就留了下來，她煮的咖哩會加些椰漿，聞起來特別香。彥彥以前聞到這種好味道，反應常是什麼都不說，只管努力扒下兩碗飯（彥彥平常只吃一碗飯），媽媽也不說什麼，只是微笑，有時會說：

「彥彥，吃慢點，沒有人跟你搶。」

但今天不同，從公園回來，他已經立志做天使了，所以他跑到媽媽面前：

「咦？好香，你煮了咖哩雞，對不對？」

「你怎麼知道？你一定偷看了！」妹妹在一旁插嘴。

「不是看，更不是偷看，是聞。」彥彥本來想罵妹妹一句笨蛋，卻臨時吞了回去，「媽媽一定有祕方，你煮的咖哩雞總是特別特別香，媽媽，你好厲害啊！」

「啊喲，」媽媽有點驚呀，「這彥彥，你今天怎麼啦，平常只會低頭猛吃，現在居然會說這麼好聽的話了？對了，你爸爸剛才打電話來，說要晚點下班，他叫我們先

吃，所以你要代替爸爸來幫我擺桌子。」

「沒問題。你要我擺什麼？」

文彥彥一方面慶幸，媽媽沒有發現自己的祕密，一方面更慶幸爸爸晚回來，自己可以好好表現一番。

但是，不由自主的，他又大聲問道：

「那，妹妹，她，她要──」

他本來想問說：

「她要幫什麼？」

這是文彥彥的毛病，每次爸媽叫他幫忙做事，他都要不甘心的多問一句：

「那，妹妹，她幫什麼？」

如果爸媽說妹妹還小，他就生氣。但，今天他話一出口，就發現自己不對了，於是他立刻改口說：

「那，妹妹，要幫她擺湯匙還是筷子？」

媽媽說：

「吃咖哩雞飯，給妹妹湯匙就好。記得給妹妹澆料的

時候要挑些沒有骨頭的小塊肉。胡蘿蔔和洋芋洋蔥也都要放一點，胡椒瓶也要記得拿上桌，而且要記得是白胡椒。」

如果是平常，文彥彥一定會嫌媽媽煩，但今天他都乖乖去做了，他甚至問：

「要我端湯上桌嗎？」

媽媽說：

「不用，等我們吃完飯再去廚房盛三碗湯出來就行了，現在湯還太燙。」

咖哩雞汁是棕黃色的，裡面的胡蘿蔔是橘紅色的，澆在白白的飯上又漂亮又美味，那天晚餐真是吃得快樂極了。飯後媽媽打電話給她遠在馬來西亞檳城的媽媽，平時她每個禮拜會打一次長途電話，彥彥聽見媽媽跟外婆說：

「你問彥彥嗎，他還不錯啦，現在是大班了。小孩子嘛，壞起來簡直就是小魔頭，但他今天也不知怎麼回事，變很乖哦，嗯，簡直就是個小天使了！」

彥彥笑著回房睡覺去了，他一方面很高興自己做新天使的第一天就做得還不錯，但一方面也有點失落，因為他也很懷念那個凶凶霸霸跟人亂吵亂鬧的自己呢！

　　　　　──原載二○一○年六月十一～十二日《國語日報·兒童文藝》

誰替嘻嘻哈擦了口水？

　　他有一個奇怪的名字，叫做哈齊齊，但幼稚園裡的同班同學很快就給他取了一個外號，叫嘻嘻哈。平常，如果外號取得太難聽老師是會罵人的，並且還禁止大家使用。但這一次老師好像並不覺得嘻嘻哈很難聽，反而說：

　　「還好啦，以後他長大有了外國朋友，外國朋友都喜歡先叫名再叫姓，所以，以後他的外國朋友會叫他齊齊哈，齊齊哈跟嘻嘻哈差不了太多。不過，哈齊齊，你自己呢？你反對不反對這外號呢？」

　　哈齊齊嘻嘻笑了，他說：

　　「隨便啦！」

　　他是一個健康、活潑、嗓門大、愛笑，又不計較的男孩。和一般小孩比，他的兩頰特別紅，特別圓圓鼓鼓，平時老師同學都很喜歡他。

　　「你們叫他嘻嘻哈沒問題，」老師說，「但你們不要覺得『哈』是個怪姓哦！從前哈齊齊的姐姐哈敦敦也讀我們幼稚園，老師起先覺得奇怪，後來才知道這是蒙古人的姓，不過聽說滿人也有姓這個姓的……」

　　「滿人是什麼意思？」小朋友問。

　　「滿人就是——就是住在中國東北的一個族，我們一般常見的是漢人，但漢人之外還有苗呀、傜呀、藏呀、壯族呀、侗族呀、黎族呀……，臺灣自己就大約有二十個族呢，不過，這些算起來太多了，一下也說不完。哈齊齊的姐姐哈敦敦很有意思，她很會唱歌，又會跳舞，跳起舞來脖子還會左右移動像裝了彈簧。而且，後來我才知道，哈敦在蒙古話就是女士或皇后的意思哦！」

　　「哇！嘻嘻哈的姐姐是皇后耶！」同學一起鼓掌。

　　今天是星期一，文彥彥很期待趕快到學校，好跟雅文分享他的新天使經驗。

　　下課的時候，文彥彥正想走到雅文的位子上，不料雅文卻站起來，一面小心的從口袋裡掏出一個小包並且抽出一張衛生紙，一面走向嘻嘻哈的座位。雅文去找嘻嘻哈幹麼？文彥彥在一旁看著，自從他立志當天使，整個人便安靜多了，他常常會仔細看事情，他以前不耐煩多看事情，除非他覺得那件事很有偵探價值。但現在他覺得多看看事情很好玩。而且，如果不看事情怎麼知道哪裡有事情等著幫忙，如果不知道哪裡有事情可以幫忙，唉，那天使就別混了！

　　不過，有個祕密文彥彥不知道。其實，在離開他頭上大約九十公分的地方，常有一位真正的上帝派來的天使在守望著他，教他要改變心思，教他要好好看一看周邊的人。文彥彥還以為「多多看別人」「多多關心別人」是他

自己發明的「新任天使行為法則」呢！

文彥彥看到雅文拿著衛生紙去擦什麼，她到底在擦什麼呀？她的動作好輕好小心吶！啊喲，現在他看清楚了，原來嘻嘻哈睡著了，他坐在位子上睡著了，現在是早晨，他竟然睡著了。奇怪！嘻嘻哈平時連中午都不肯好好午睡的呢！他會在鋪上翻來翻去不安分，他精力過剩，睡午覺對他好像刑罰一般。

可是現在才一大早，他就睡著了，他坐得直直的，口水卻流了下來。哎！真惡心啊！連雅文原來就是去給嘻嘻哈擦口水的，好惡心啊！

連雅文的動作又輕又快，而且她做這些動作的時候都用身子擋著，讓別人看不見。她擦完就走出教室去了，文彥彥趕快跟上，小聲問她說：

「喂，喂，這是怎麼回事？做天使要擦人家的口水嗎？好惡啊！」文彥彥一面說一面做出要嘔吐的怪樣子來。

雅文有點生氣：

「口水髒不髒，不關你事，我擦不擦嘻嘻哈的口水也不關你事，少囉唆啦！」

「對不起，對不起，我也想做個好天使。你是老天使，我是新天使嘛，拜託你教我做天使嘛，好不好？這嘻嘻哈成天都活蹦亂跳的，今天怎麼睡得東倒西歪的，還流口水！」

雅文看文彥彥一面說一面學的樣子很好玩，就笑了。但她一面笑一面還是凶了文彥彥一頓：

「嘻嘻哈今天為什麼會打瞌睡？我不知道。他為什麼會流口水？我也不知道。但我知道如果我不趕快幫他把口水擦掉，等一下你們幾個男生看到一定會笑他，你們會手拉手，站成一排大聲叫，把嘻嘻哈吵醒，並且說：『嘻嘻哈，嘻嘻哈，丟丟臉，流口水，好噁心，流口水！』」

「哪有啦！」文彥彥嘴巴雖然不承認，心裡卻覺得事情很可能就是這樣的。

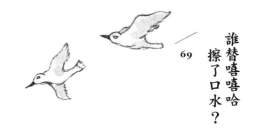

「如果你們笑他，他會很難過的。嘻嘻哈雖然很會唱歌，但他不太會說話，他吵起架來是吵不過你們的。接著他就只好自己難過了──當然，他氣起來也可能打你們，但你們人多，他一定打不贏⋯⋯」

「好了，好了，我懂了，你幫他擦口水是讓他有面子不丟臉，但是，口水很惡心耶！」

「口水惡心不惡心是我的事，我又沒叫你擦！而且，我阿祖去年生病的時候，都是我媽媽幫她清理大便的呢！我只不過幫人擦口水罷了！」

「啊喲，啊喲，看來你媽媽恐怕也是天使了！大便更惡心哪，啊喲，我都快吐了！」

「哼！怕惡心就別做天使啊！」

「唉！唉！難道沒有別的好方法做天使了嗎？」

「別的方法？好啊，你自己去找啊！」

說著說著，就又上課了。

上課的時候，老師看了一眼哈齊齊，有一點擔心。她

走過去，彎下腰：

「哈齊齊，你不舒服嗎？你哪裡不舒服？」

老師又摸了一下哈齊齊的額頭，哈齊齊醒過來，並且哭了：

「姐姐，姐姐，你不要死！」

老師嚇了一跳。

「哈齊齊，你說什麼，我是老師，不是你姐姐，你姐姐哈敦敦怎麼啦？」

哈齊齊這才真的清醒了。

老師跟哈齊齊問了好些話，哈齊齊一邊哭一邊說，大家都沒聽清楚。不過，

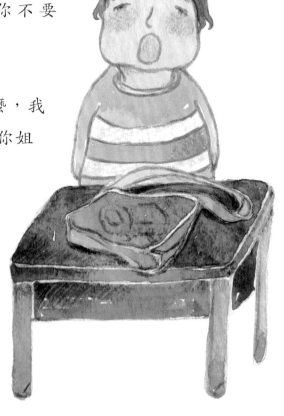

老師總算把哈齊齊的事弄明白了，於是老師先帶了哈齊齊去午睡間睡覺，然後把哈齊齊家昨天發生的事情轉述給大家知道：

原來昨天哈齊齊的姐姐哈敦敦病了，半夜肚子痛，而哈齊齊的爸爸剛好到廣東東莞去出差去了。於是哈媽媽趕快開車把姐姐送醫院，可是放齊齊一人在家不放心，所以把齊齊也從床上「挖」起來，三個人一起去醫院。到了急診室，沒想到那裡半夜三更竟然擠滿了人，有人是氣喘，有人是心臟病，有人是車禍斷了腿，正在哀哀叫。齊齊第一次看到那麼多血，嚇得大哭，他又怕姐姐會死，所以一直守著姐姐，並且問每一個護士：

「阿姨，阿姨，我姐姐會死嗎？」

後來，到了早上七點，齊齊的媽媽打電話請三阿姨來帶齊齊回家趕幼稚園的校車。媽媽說，小孩上學不可以隨便缺席，媽媽自己就留在醫院裡等檢驗報告。齊齊折騰了一夜，早上撐不住，剛才就在教室裡睡著了。

　　老師也打了哈媽媽的手機，知道哈敦敦是盲腸炎，中午會開刀，一切都還好，哈齊齊聽老師說，盲腸炎不是大病，不會死，就放心的去睡了。

　　不過老師卻又轉述了一句哈齊齊的話，老師說：

　　「哈齊齊說，剛才他在教室裡睡著了，但睡得不好，因為心裡一直想著姐姐，而且他知道自己流了口水。他想，啊，流口水會給同學笑，他很想擦掉口水，但他又睡得迷迷糊糊沒力氣去擦。正在這時候，他覺得有人來為他擦了口水，他以為是姐姐來給他擦的，但一想，姐姐不是在醫院嗎？難道姐姐死了？變天使了？所以才回來的嗎？他在夢裡哭了又哭，好在老師把他叫醒了，他想知道，同學中有誰幫他擦了口水嗎？他想謝謝這位同學！」

　　但沒有人承認，雅文當時動作很快，而同學下課都急著跑出教室，看到的人只有文彥彥，而文彥彥當然要保密啦！

　　「奇怪啊！」老師說，「看來我們教室裡真的有個藏

起來的天使呢！不過，不管怎麼樣，我都替哈齊齊謝謝這位天使了！」

——原載二〇一〇年六月二十五～二十六日《國語日報・兒童文藝》

我要去講給同學聽！

　　今天是禮拜六，文彥彥不用去上學，爸爸也不用去上班，這一天文彥彥平常都很快樂，因為他可以慢慢吃早餐，並且跟爸爸聊天。

　　對，只有彥彥才能跟爸爸聊天，妹妹就不能。妹妹最討厭了，她都不肯好好說話，她說著說著就撒起嬌來，整個人像條牛皮糖似的，黏在爸爸身上，好惡心。

　　而且，最討厭的是彥彥每次跟爸爸說話說到一半，妹妹就會來插嘴，而且插得亂七八糟，例如彥彥問爸爸：

　　「奈米是什麼呀？」

　　爸爸還來不及回答，妹妹就搶著說：

「就是爆米花啦！玉米也可以爆玉米花哦！」

居然說出兩種米來，好像她很有學問似的。

什麼跟什麼嘛！妹妹簡直沒有科學頭腦。

可是今天文彥彥早上起來就悶悶的，不想講話，他被昨天的「口水事件」弄得很煩，憑什麼做天使就要擦別人的口水？更可怕的是，搞不好還要擦別人的大便呢！這是誰訂下的規矩呀！這些事文彥彥都不想跟爸爸聊。

今天的早餐是包子和稀飯，包子是爸爸昨天買回來的，彥彥很喜歡這款包子，又大，肉又多。彥彥不喜歡另外一家的小籠包，很不好咬，一不小心就會流出湯汁來，把衣服搞髒，很煩，又貴，又不飽，可是媽媽和妹妹都喜歡，哼，這些女生！

但是，好包子，加上爸爸坐在餐桌上，這些，都不能讓彥彥快樂起來。

媽媽也覺得彥彥今天怪怪的，特別是他忽然冒出一句：

「媽媽，妹妹以前很愛流口水，對不對？」

妹妹嚇了一跳：

「什麼啦？你才愛流口水！哥哥最討厭了！」

「小時候，大家都會流口水！」媽媽說。

「可是，我記得她以前有一次在頸子上圍了一圈餅，叫做『收涎餅』──後來她就不流口水了。而且她還穿過一種粉紅色的圍嘴，可以接口水的，那時候，她的圍嘴成天都濕濕的。」

「咦，收涎餅？真有這麼回事嗎？我怎麼不記得？」爸爸放下報紙。

「有照片！」彥彥說著就去把妹妹小時候的照片本找了出來。文媽媽喜歡買各式各樣的照片簿，而且她也喜歡整理相簿。爸爸常嫌媽媽煩，他認為什麼資料只要放進電腦裡就一勞永逸了，可是媽媽不同意，她說：

「你要那樣存是你的事，我喜歡這樣存，你不要管我，我也沒管你呀！我們各人用各人的辦法吧！」

妹妹滿四個月時的照片本是媽媽在美國旅行的時候買的，整個本子放在架子上，看起來像一本古代的西洋書，其實打開來是相本。平時有客人來的時候，彥彥最愛拿這本給客人看，客人一面看，他一面解釋，客人看完彥彥總會加上一句：

「你看，我妹妹以前好小哦！」

妹妹也不太反對哥哥這樣介紹她，哥哥說她小她就傻笑，並且不忘加上一句：

「你也有小過，爸爸和媽媽也有小過。」

文彥彥因為常拿這本照相簿，所以現在順手一抽就拿到了。

「咦！」爸爸看了照片非常驚奇，「我怎麼都不記得有這個鏡頭，我那天也在家的啊！」

「我想起來了，」媽媽說，「那天中午本來要讓妹妹帶一串『餅項鍊』來掛在脖子上照相的，討厭的是菜場裡賣餅的阿婆說中午來不及交貨，我明明一個禮拜以前就給

她訂金了，她卻說要下午三點以後才能給我。因為，那一陣子剛好碰到端午節，他們全家都在忙著包粽子賣……，所以她快吃晚飯才送來，那時候你剛好去機場接朋友了，我就自己給她照了……」

「可是這是什麼怪玩意？一定是個什麼鬼迷信！」

「我不是迷信！」媽媽有點生氣，「這是你媽媽交代我做的，我就照做了，我覺得這是一個很好玩的習俗，花錢不多，卻是一輩子的記憶！」

「而且，後來妹妹果真就沒流什麼口水了！」彥彥也站在媽媽那一邊。

「妹妹不再流口水是因為她後來長大了，肌肉強健了，像你，你滿四個月的時候沒掛收涎餅，你也沒有再流口水啊！」

「我為什麼不收涎？」

「那時候你奶奶剛好生病開刀，」媽媽說，「家裡天天都兵荒馬亂的，你奶奶就忘了提醒我了。我娘家在馬來西亞，我們家比較洋裡洋氣，不懂這些奇怪的老規矩──不過我覺得這老規矩倒挺有趣的！」

「我看這件事什麼趣也沒有！」爸爸仍然不屑。

「好啦，少囉唆，你媽說呀，你小時候也收過涎的！」

「哈，哈，爸爸也收過涎，可是爸爸沒照相！」妹妹高興的拍起手來。

「不過，」爸爸好像想轉移話題了，「彥彥你問收涎的事幹麼？你想掛收涎餅現在也來不及啦！那是滿四個月那天掛的。」

「我只是問問。」彥彥一時也不知怎麼說下去，但撐了不久他還是忍不住接下去問，「媽媽，妹妹那時流口水，你就幫她一直擦口水嗎？」

「我也不記得了，大概是吧！不過，應該也擦過你的口水吧？哦，對了，我想起來了，有一次去吃喜酒，我穿了一件漂亮的套裝，但手上抱著你，你趴在我肩膀上睡著了，結果口水流了我一肩背，害我碰到熟人說話都小心的轉來轉去，不想讓他們看到我的背面……」

媽媽一面說，一面站起來學動作，那尷尬的樣子讓大家都笑了。

「咦！對，我也想起來了。」爸爸說，「那時候彥彥還不到四個月……」

「哥哥丟丟臉，流口水在媽媽背上，害得媽媽說話都轉來轉去……」

彥彥瞪了妹妹一眼，不過，這一次妹妹插嘴插得還算正確。

「擦口水，」彥彥盯著媽媽問，「惡心不惡心，黏黏的吶！」

「擦口水算什麼！」爸爸接過話題，「現在吃飯不好說，比口水更髒的東西，我們也幫你們擦過！」

「啊，我知道了，」妹妹大聲說，「就是大便啦！」

「討厭死了！」彥彥叫了一聲，決定離開桌子。

唉！妹妹真惡心，但她今天說話總算都搭得上別人的話。

爸爸也離了桌子去看電視，彥彥陪媽媽一起去洗碗，媽媽說：

「彥彥，你看，其實碗也有點髒，洗碗也有點惡心，但如果你愛你家裡的人，也就可以忍受了。」

彥彥正要再一次強調口水很惡心，爸爸卻在叫他去看電視，爸爸叫得很急：

「彥彥，碗等一下洗，電視正在報一條很特別的科學知識哦！」

　　嗯，科學知識很重要，不管想做神探或天使，都要有科學頭腦。於是彥彥趕快跑去聽，卻聽得一頭霧水：

　　「爸爸，他說『溼地』，就是溼溼的地嗎？我們家浴室也是溼溼的地呀！」

　　「別急，慢慢聽，等一下鏡頭上一定會有鳥有蜻蜓，很漂亮哦！」

　　彥彥耐心看了五分鐘以後，覺得這塊溼地真是太神奇了，忍不住大叫一聲：

　　「啊喲，這溼地真好玩，我一定要好好看完這節目，這樣，禮拜一我就請老師讓我上臺講這個故事。」

　　說完這句話，彥彥忽然覺得快樂起來，啊！對了，口水不口水的事其實也不用去管它了，禮拜一能去講科學新知給同學聽，應該也可以算是「好天使的好行為」了。

　　電視的節目裡果真出現了藍天、白雲、水草、紅頭水雞、紅蜻蜓和白鷺鷥，漂亮得不得了。

彥彥笑了。

「媽媽，媽媽，你看哥哥一面看電視一面在笑哦，好像個小天使耶！」

「笑就笑，笑也不算什麼，」媽媽有點煩，「笑了就能變天使，那也太容易了吧！」

「可是哥哥笑得很開心的樣子，他平常很少這樣笑，他平常都笑得很大聲，而且，他平常的笑都是在笑我笨！他今天笑得不一樣，沒有聲音，可是，可是，可是就是很像天使啦！」

哎喲，彥彥想，妹妹好像真的長大了，不但不流口水了，而且說話還能說得這麼有道理，彥彥第一次有點佩服妹妹了。希望她不要太快變成「聰明過頭」，否則被她看破天使祕密就麻煩了！

——原載二〇一〇年七月九～十日《國語日報‧兒童文藝》

勸說天使

「今天，有哪一位小朋友想跟大家一起分享一個故事嗎？」

問話的老師姓方，她是故事老師，她很年輕，穿了一件有白色大蓬袖的鵝黃色的衣服，裙子上有兩個鑲了花邊的大口袋，頭上還綁了一根有蝴蝶結的鵝黃色的緞帶，大家都很喜歡方老師。

有兩位小朋友舉手。一個是杜君若，一個是文彥彥。不對，其實還有半個，那半個是黃靖雄，為什麼說他是半個呢？因為他自己沒舉手，反而是坐他隔壁的唐安怡拚命推他，並且說：

「老師，老師，黃靖雄有個故事哦！他有個大象的故事！」

黃靖雄卻扭來扭去，說：

「不行啦！那個故事不好聽啦！你討厭啦！」

坐在黃靖雄另外一邊的黃新基也說：

「他那故事真的不好聽！我聽過，我不要再聽！」

方老師就叫杜君若先講，杜君若好像事先已經準備好了，因為她今天穿得特別漂亮。哎呀，她那件裙子底襬上也有好多花邊呢！而且，她的頭髮左右都有髮夾，髮夾是一對小蜜蜂哦。

文彥彥有點生氣，他想，唉，討厭，這些女生，要講故事就講嘛！幹麼還要去穿那麼漂亮，早知道我也去打個小領花。不過，算了，穿得普普通通也沒什麼啊！只有女生才會那麼討厭，才會為了講故事而穿漂亮！

杜君若講的是一隻小山羊和一隻小綿羊的故事，她講得不錯，她還學羊叫，把大家都逗笑了。但文彥彥卻

　　一直在想，她所學的咩咩叫聲是一樣的，不知道真的綿羊和山羊的叫聲是不是一樣的？不過，唉，算了，女生都沒有科學頭腦，真拿她們沒辦法。

　　這種問題一時也找不到人來問，也許可以問哈齊齊，他是蒙古人。不過哈齊齊還得打長途電話去蒙古問，哈家在臺灣並不養羊……。

　　杜君若的故事很快就講完了，文彥彥很高興自己是第二個講的，他覺得這樣可以不必急著把時間留給下一位，還挺不錯的。

　　文彥彥上臺的時候帶了一些圖片，方老師似乎嚇了一跳。文彥彥的圖片是昨天爸爸對著電視拍的，拍完了，透過電腦取出了紙片，文

爸爸又自己把紙片護貝了，讓彥彥帶來學校。不過一開始彥彥沒讓大家看圖片，只問大家幾個問題：

「大家知道什麼叫『溼地』嗎？」

大家愣愣的，不知彥彥在問什麼？

「我們幼稚園的地是乾的還是溼的？」文彥彥又問。

「應該是乾的──不過下雨天也會溼啦！」王美崙說。

王美崙叫王美崙，是因為她媽媽懷孕的時候，很想念住在花蓮的阿嬤，所以就堅持回花蓮看阿嬤一趟。她自己開車，可能累到了，結果美崙就早產了兩個禮拜。本來她的生日應該是九月一日，結果卻在八月十四日出生了。不過，如果不提早出生，她就不能跟她親愛的同學，像哈齊齊或唐安怡或連雅文同班了！而且，她現在還會在中班，王美崙為這一點很高興，她更高興的是她跟媽媽一樣出生在花蓮，花蓮有座山叫美崙山，美崙的名字就是這麼來的，對了，美崙的阿嬤是阿美族人。

「我第一次聽到溼地的時候，還以為是浴室，浴室的地都是溼溼的嘛！」文彥彥說。

「咦！你是在講故事嗎？」唐安怡問，「溼地是故事嗎？」

「是不是故事我不知道怎麼說，不過，應該很好聽啦！」

其實這個問題文彥彥早就想到了，他想，同學平常只愛聽故事。可是故事是「假的」，溼地是「真的」，「真的」不是更該聽嗎？只是如果他們不愛聽怎麼辦呢？

「你們看，這張圖片，很漂亮吧？」

「這是翡翠鳥，我知道，」陳旭光說，「長得紅紅綠綠很漂亮哦！但是，你不是要講溼地嗎？」

「對，我要講溼地，但我先給你們看看鳥。你們想，這麼漂亮的鳥當然要有漂亮的家啊！水鳥的家就是溼地。你們仔細看，這隻翡翠鳥下面霧濛濛的地方就是溼地了。」

「你左手拿的那張是什麼？」連雅文問。

「是一種魚，叫和尚魚，很多年都沒看到了，我們不能看到牠，是因為牠們沒地方住，後來政府把河岸的垃圾清了，讓河岸邊上有水又有草，牠們就回來了！」

「奇怪，是誰去告訴牠們現在河岸上有水又有草？」陳旭光又問。

「我猜是因為牠們自己很聰明，牠們自己到各處去找好環境——牠們又沒有手機可以打聽。」

「啊！我想起來了，」哈齊齊說，「我去過一次蒙古草原哦！我爺爺的妹妹帶我去的，就是我姑奶奶啦！蒙古草原到處都乾乾的，可是也有溼地哦，碰到溼溼的地就漂亮得不得了，水裡還有野天鵝在游泳哦！」

「哇！這麼好！」文彥彥忘了自己是講故事的人，竟然大叫了一聲，「下次你姑奶奶叫你去的時候，你也要叫我一起，她肯不肯帶我？我自己出飛機票錢！」

「哇！你這麼有錢！」這一次說話的是李子欣，他平

常話很少。

　　「不是啦，我可以做家事賺錢。」文彥彥有點不好意思。

　　「蒙古沙漠上熱不熱？我也好想去哦！」說話的同學是林從善，他有一點兔脣，下個月要去開刀，平時不愛說話，現在居然也發問了。

　　　　「蒙古沙漠有點熱，」哈齊齊說，「但有水草的地方卻很

涼快，不過，有一點很可怕，你們去了會受不了！那就是有很多蚊子，你一張口說話，蚊子就都跑進嘴裡去了，嚇死人啦！不過，不過好在只有七月份有蚊子，八月就沒有了。」

「哎呀！這，你就不懂了，有蚊子，對溼地來說是好事啊！」文彥彥說，「有蚊子，小魚才有蚊子的幼蟲可

以吃，魚吃胖了，天鵝才有東西吃——，而且如果附近有蝙蝠的話，蝙蝠也會覺得有蚊子吃很幸福喔！」

「哦！我想起來了，上次有個奇怪的立法委員在電視上講話，」連雅文也很興奮，「人家說要保護溼地，他就罵人家，他說『什麼溼地，什麼白鷺鷥！那塊地有什麼好，白鷺鷥，那裡的蛇比白鷺鷥還多呢！那麼多蛇的地方，有什麼好？』結果有個專家就笑了。專家說，『哎喲，委員呀，這你就外行了，在我們做環保的人看來，一塊地上如果有蛇，那就太好了。有蛇表示鷹類就有食物了，有蛇代表那塊溼地是塊好溼地，生態很完整，值得好好保護哦！』」

「啊！很好，」文彥彥好像找到知己了，「看來連雅文也很懂溼地呢！我們大家都來關心溼地吧！」

「可是我們是小孩子，我們怎麼關心溼地？溼地又不歸我們管！」唐安怡問。

「溼地雖不歸我們管，」哈齊齊站了起來，嗓門也大

了起來，「五十年後總統副總統都死了，用這塊土地的人是我們小孩子啊，還有我們生的小孩子啊，當然我們應該要來關心了。」

「關心？怎麼關心哪！」陳旭光有點不屑，「大家都只會說！」

「我也不知道怎麼做，」文彥彥看來有些沮喪，「但譬如說，我們排個戲，演給中班和小班的看，或者在畢業典禮時演給爸媽看，說不定有些爸媽就是當大官的人，或者他們的朋友是當大官的人，他們聽了我們的建議就明白了，知道溼地雖然看起來溼溼的，但千萬不可以把它填起來蓋房子，這樣是會破壞環境的……。」

「蓋個房子，都不行嗎？」

「對，我們的環境需要有溼地，我們的政府和人民以前都不懂，把很多溼地用乾土亂填掉了。現在開始，我們不能再破壞環境了！」

「不破壞環境是為了鳥嗎？」黃新基說，「沒關係，

澎湖有很多鳥，我上次回去看到的⋯⋯」

「不僅為鳥⋯⋯」文彥彥急了。

「我阿嬤是原住民，我阿嬤說，她聽她阿嬤的阿嬤說，漢人沒來臺灣之前，臺灣是很美麗的。」王美崙說著就走到臺上去了，和文彥彥站在一起，「那時天上有很多鳥，水裡有很多魚，山上有梅花鹿、水鹿，山高的地方還有雲豹。我阿嬤的阿嬤的阿嬤說，哇，雲豹的眼睛美到不行⋯⋯」

王美崙的眼角溼了，文彥彥的眼角也溼了。

文彥彥很氣自己，他沒有把故事講好，好像沒讓大家感動，場面又亂，時間也到了，他今天想做「勸說天使」，卻沒有做成功。

但是，奇怪，方老師卻在擦眼淚，方老師為什麼哭了，文彥彥有點傻了，但帶著晶瑩淚水的方老師看來多麼像個天使啊！

——原載二〇一〇年七月二十三～二十四日《國語日報・兒童文藝》

聆聽天使

「一定不准哭！」文彥彥對自己說。

但是，為什麼不可以哭？他也說不上來。

難道有一條「天使法」，禁止小天使哭泣的嗎？應該沒有吧？

那麼，為什麼不哭呢？文彥彥其實是非常非常想哭的啊！

「對，一定不准哭。」

但哈齊齊上個禮拜哭過，他是因為姐姐生病哭的，大家並沒有笑他。藍如斯今天一大早也哭過，她是因為跌破

了膝蓋哭的，老師還替她擦藥，安慰她半天，不過，不管別個小男孩小女孩哭不哭，我是不哭的，我文彥彥是不哭的⋯⋯。

走出教室遠遠的聽見古箏的聲音，文彥彥本來以為是王伯伯在彈，但卻分明看見王伯伯正在澆花，咦？奇怪，原來另外還有一個彈箏的人。

文彥彥趕快跑去看。但跑到一半就被王伯伯攔了下來，王伯伯小聲跟他說：

「文彥彥，你來看，這裡有一隻好玩的東西！」

如果是平常，文彥彥一定好奇心大發，趕著想看是什麼稀奇玩意，但現在他只想知道是誰在彈古箏？彥彥平常並不懂古箏，只覺得叮叮咚咚還滿好聽的，但此刻他卻覺得這人彈得非常好，好像比司機伯伯彈得更好，那聲音更甜──但也更苦。

「王伯伯──是誰在彈古箏？古箏不是你的嗎？」彥彥小聲問。

　　「你繞到石頭那邊不就看見了嗎？」王伯伯小聲說，「古箏是我的，但其實是她送我的。其實這古箏本來也不是她的，是別人送她的。」

　　「別人，什麼別人？」

　　「我不告訴你。」

　　繞過那塊又大又寬還長著許多小樹的石頭，彥彥看到另外一面的石窪裡有個人坐在那裡，原來那人是方老師。

　　「哎呀，方老師，原來是你，你彈得真好聽吶。」

　　「這曲子叫〈平沙落雁〉，送我古箏的人順便教我的！很好聽吧？」

　　「送你古箏的人是你的男朋友嗎？」

　　「現在不是了，已經分手了。」

　　「他是很好的人吧？為什麼要分手呢？是他要跟你分手，還是你要跟他分手呢？」

　　「啪！」一聲，古箏的絃斷了一根，方老師不彈了。

　　「唉，你真是人小鬼大啊！不愧是神探文彥彥吶！好

吧，我告訴你，不是他要離開我，也不是我要離開他，是我爸要我離開他。我爸還為了這個要我去出國，但兩年後我回來，發現他也沒女朋友，我也沒男朋友，我們彼此還是喜歡對方──」

「你爸為什麼反對？」

「我爸身體不好，不順著他，他就會心臟病發作。他反對我跟志宏交往的原因說來話長，我也不知道你聽不聽得懂，好吧，我就試著跟你說吧──」

「王伯伯就在那邊澆花，你的祕密不怕他聽去嗎？」

「啊，不要緊，王伯伯是第一個知道這個祕密的人，你是第二個。我當時也想，既然兩家不和，算了算了，我就把這段情感斷了，所以就把古箏送給王伯伯了。不然天天見到古箏就像見到志宏一樣，很受不了吶！但有個條件，就是我來學校的那一天，他不許彈，免得我聽見傷心，好在我一星期只來兩次──」

「那，其他的時間你都去了哪裡？」

「我去另外兩家幼稚園去說故事、聽故事——」

「說故事、聽故事也可以變成職業嗎？」

「對，因為人需要故事，小孩子尤其需要故事。」

「剛才你說你爸爸反對，你爸爸為什麼反對呢？你男朋友很窮嗎？」

「對，有點窮，但問題比窮更嚴重。不過，你現在不能再跟我說話了，你要上課了，我等你，等你上完早上的課，等你吃完午飯，我跟你們老師說一聲，讓你晚一點去午睡，我中午再跟你說。」

哇，這段時間真難熬啊！好不容易，中午到了，太陽很大，但大石頭那裡還好，因為有一棵雀榕樹，所以陰陰涼涼的。文彥彥發現了一個絕妙的聊天方法，那就是方老師坐在那個凹洞裡，自己則爬到石頭上面躺著，有時仰躺，有時趴躺，有時側躺。太陽從葉隙照下來，圓圓的一個個光點隨風搖曳。啊，幹麼要去午睡？真無聊啊！

下面，是方老師講的屬於她自己的故事，方老師本來

是個很會講故事的「故事達人」，她的表情豐富，眼睛又有神采，聲音更是鏗鏘好聽，有時還加上蹦蹦跳跳的動作，小朋友都會被她迷住。但今天，奇怪，她講自己的故事，卻講得平板無奇，天哪，簡直是索然寡味。不過，彥彥卻感到方老師平平的聲音裡有一點淡淡的哀傷！

「你知道嗎？彥彥，我第一次碰到志宏的時候，他就跟你一樣大，地點呢，也就在這個幼稚園，這是二十多年前快三十年前的事了。而且，說起來恐怕你也不信，我們最喜歡玩的地方，就是這塊大石頭了，而且，志宏說，他最喜歡躺在大石頭上面了。」

哎呀，彥彥嚇了一跳，他還以為爬上大石頭的動作是他第一個發明的呢，原來二十多年前人家志宏大哥就已經這樣做了。

「志宏從小就是個好孩子，有禮貌、勤快、點子又多。他長得不高，只能勉強算

是中等身材，而且，他也不會打架，但他正義感超強的，有不好的同學欺負別人，他一定挺身而出。奇怪的是，也許因為同學都佩服他吧，他只要一勸告，事情就會平息了。」

「他口才很好嗎？」

「唉，爛透了，他說一口臺灣國語，發財都被他說成『花財』了，飛機都被他說成『灰機』了。他的文法也不對，例如他會說：『老師，他給我打。』而且，他一緊張就有一點口吃。——不過，他講話的時候總是用非常誠實的眼睛望著對方，我覺得連他那些結結巴巴的口氣也非常感人，例如他會說：『哎，我……我……我，我真，真，真的覺得你這樣做，是不，不，不，不對的呀！』別人看他急成那副德性，也就感動了，兩人各讓一步，事情也就解決了。

「我們讀同一所幼稚園，讀同一間小學和國中，大家都看好我們，大學的時候我讀了口語傳播，他讀了環境工

程。唉，本來畢了業就想結婚的，但這時候他忽然跟我父親起了嚴重衝突！」

「他不是很厲害，很會解決糾紛嗎？」

「唉，牽涉到利益就難說了！」

「是誰不對？」

「要說不對，是我爸不對！」

「如果是你爸不對，你怎麼可以站在你爸那邊不理男朋友呢！」

「是啊，我也不對，可是我沒辦法啊──」

「到底是什麼事呢？」

「是這樣的，他讀了環境工程系，畢了業，一心便想要來保護臺灣的環境，他說臺灣被破壞得太厲害了。他說，我是學口語傳播的，如果我們結了婚，一起做環保，一定會很成功，因為一個可以宣傳理念，一個可以實際行動。但想得倒好，可是，做沒幾天就出事了──」

「什麼事？」

「志宏的工作非常辛苦，為了整治河川，他有時像忍者龜一樣，躲在地下水道裡。深更半夜，他等在那裡要抓看哪一家工廠在排放工業汙水。結果，他真的抓到了，但沒想到抓到的竟是我叔叔的工廠。我爸爸起先聽了很慶幸，他私下對我說：『啊呀，原來剛好是阿宏呀，沒事沒事，阿宏就快變成我女婿了，女婿就是半個兒子，我叫他註銷一定沒問題！』」

「不行，不行，」文彥彥大叫了一聲，「你男朋友一定不可以放過你叔叔，排汙水是害我們大家啊！」

「彥彥，你說得對，志宏果真不答應。我爸爸就拍桌子了，他甚至還想找人打他呢！他說：『哼！你交的男朋友是什麼猴囝仔，居然沒結婚就敢來管岳父，要知道工廠雖是你叔叔開的，可是我們兄弟沒有分家，你讀大學也是你叔叔出的錢，你阿公阿嬤也是你叔叔在養，經營工廠不容易，都要照上面的規定，大家賺什麼？吃什麼？你阿公阿嬤誰來養啊！叫他們去死嗎？』但志宏是絕對不肯放棄原則的，我們的婚

事就吹了！」

　　停了好一會，有一隻蝴蝶飛來又飛去，方老師接著說，「彥彥，老實說，你今天講溼地講得並不好，亂亂的，但我很感動，我覺得我好像看到另一個新的志宏，一個環保小天使。好好努力！你將來會成為守護這個城市的天使！而且，今天，你聽我嘮叨了那麼多，你真是我的聆聽天使！」

　　「可是，」彥彥並不為那番讚美感動，「要我做環保天使可以，但如果我的女朋友跟她爸爸站一邊而不理我，我會氣瘋！——方老師，你真的不肯再跟你男朋友好了嗎？」

　　「唉，彥彥小天使，有了你這麼勇敢的指責，我想我可以重新考慮考慮，因為最近我父親得了老人失智的毛病，我的母親多年前就走了，我想我至少可以先跟志宏先恢復來往，然後辦個公證結婚，我真的很對他不起。」

　　「哼，這樣做才對，你們女生最討厭了，都怕爸爸，

明明你男朋友才是對的——」

「好了，謝謝你，彥彥小天使，你快去睡午覺吧！我也要去把這古箏的絃修一修了——」

——原載二〇一〇年八月六～七日《國語日報‧兒童文藝》

這些魚，是哪裡來的？

「彥彥，」爸爸說，「你準備一下，我半小時以後要出門，你要跟我一起出去。」

「為什麼？為什麼我要跟你一起出去？我想在家裡看圖畫書。」

「因為等一下媽媽也有事要出門，你一個人在家是不行的，那是違法的！」

「違法？」

「對，小孩不可以單獨在家。」

「為什麼不可以，怕我們自己在家亂玩火嗎？——我

不會啦！」

「不一定是你玩火，別人玩火也可能延燒到我們家
──反正小孩十二歲以前是不可以單獨在家的，如果犯了
法，警察會來抓爸爸媽媽哦！」

「我從來就沒聽過哪個同學的爸爸媽媽被警察帶
走……」

「那是因為鄰居沒去告，警察也沒發現──但是違法
還是違法，違法的事就不該做！」

「好吧，但是你要我『準備』什麼？」

「爸爸今天要去陳叔叔家，陳叔叔是爸爸的朋友，他
是建築師又是設計師，我們家廚房最近要改裝，所以要去
找他談談。這棟房子有二十年沒有裝修了，你媽媽在廚房
裡做事很不順手，光線也不夠好……我怕我跟陳叔叔談事
情你一個人無聊，所以叫你準備帶些玩具和故事書去自己
玩……。」

「我覺得我們的廚房很好呀！窗外還吊著些非洲鳳仙

花呢！——不過，如果不好用，你們為什麼以前不修，等二十年才來修？」

「哎喲，你真囉嗦耶！這房子雖然有二十年，但我們買下來只有八年，它的第一任主人把它賣給我們，我和你媽媽那時候要結婚，沒有錢，也就隨便住。後來生了你們變得更沒錢了，所以這房子才一直沒修，現在來修，也只是先修廚房……」

「所以說，我們現在有錢了？」

「沒有，但是我們的房貸還完了，所以現在我們可以再貸一筆修房子的錢——也就是說，如果你欠銀行的債還完了，就可以再貸，俗話說，『有借有還，再借不難。』不過修房子這事很麻煩，你真要知道嗎？這種事讓爸爸媽媽來煩惱就好了——你嘛，等你將來娶太太的時候再來煩吧！」

「哎呀，我是想知道你們要談些什麼？如果你們講話我也能一起講，我就不用帶故事書了，故事書如果帶十本

也很重呢！」

「我會開車去。」

「不要開車，老師說，要盡量坐公車或搭捷運，這樣比較不會製造二氧化碳，對地球比較好喔！」

「哇！哇！不得了，我們彥彥什麼時候也跟著媽媽一起變成環保專家了？真是偉大！」

「這不是『偉大』，這只是『應該』！」

「我們說到哪裡了——好了，我們坐捷運去，省得找地方停車，你只帶一本故事書，路上我講給你聽，等到了陳叔叔家，他家也有很多書，你就去翻他家的書看就好。」

「好啊！好啊！我最愛看別人家的故事書了！我們家那幾本我都看煩了——」

說著，父子兩人就出發了，爸爸還背了個大背包，包包裡只有一本彥彥的圖畫書，還有幾張廣告紙，另外還有一壺水。廣告紙有淺黃的、粉紅的和淡藍的，都是人家丟在信箱裡的，媽媽撿起來，整理好了放在抽屜裡。媽媽說

廣告紙的背面是可以用的，彥彥畫畫用的就是這種紙。爸爸笑媽媽太省，省到「一個螺螄打十八碗湯」，意思是指一顆貝殼居然加十八碗水來煮湯，那湯當然會變得淡而無味，但卻達到省錢的目的了。不過媽媽卻說那叫環保，爸爸怨歸怨，今天卻也自動拿著這種紙上陳叔叔家去了，看來爸爸今天也要畫些圖樣給陳叔叔看。

說到陳叔叔，彥彥記得有三個陳叔叔，一個又瘦又高又黑，另一個又矮又胖又白，另外一個留了好長好長的頭髮，今天爸爸拜訪的是第三個。好久沒見，他那好長好長像女生的頭髮裡面有了一兩根白頭髮。

彥彥一路上本來都在想，爸爸和陳叔叔聊天時，自己該找到一個什麼位置，彥彥最喜歡「角落」，最好又有角落又有光線，然後躲在裡面就不用出來了。但沒想到等走進陳叔叔家的大門，他壓根連房門也沒走進去，他被院子裡的水池迷住了！

陳叔叔家住在公寓一樓，院子並不大，他卻挖了一個

　　小水池，水池方方的，是個水泥池，裡面有淺淺的水，水是自來水。跟上次在新竹看到的劉爺爺家的水池相比是差遠了，劉爺爺家在半山上有一棟大別墅，院子裡鑿出大水池，養著幾百條鮮紅肥美的錦鯉，池邊上又有大石頭，石縫裡開著好看的花，山泉水從竹筒裡巧妙的流出來……。

　　陳叔叔的池子又小又淺又沒什麼山泉水或鳶尾花，但彥彥一進門就忍不住大叫了一聲：

　　「有魚！好多小魚！」

　　因為水不高，很安全，陳叔叔就答應文彥彥脫了鞋走進水池去玩，文彥彥用雙手抓魚，前後一共抓到三條。

　　「這是什麼魚？顏色灰灰的，好難抓呀！」

　　「牠叫大肚魚，是臺灣小河溝裡最常見的小魚，灰灰的，是因為這樣敵人才吃不到牠呀，牠幹麼長得紅紅的來讓你抓呀？」

　　爸爸和陳叔叔坐在客廳落地窗前談話，

　　落地窗外就是水池，所以彥彥隨時要問問題都很簡單。

　　「我沒有看過人家賣這種魚──你們去哪裡買的？」

　　「這魚不是買的──你猜牠們怎麼來的？」

　　「朋友送的？」

　　「不對。」

　　「自己去池塘抓的？」

　　「也不是。」

　　「有人來放生嗎？」

　　「沒有。」

　　「咦？這我就想不出來了──」

　　「我告訴你，但你要相信我沒騙你。我五年前搬來這裡，當時心裡就很想挖一個小池子，院子小，也不能挖大池。我只要一個小池，淺淺二十公分高的水，這樣就好了。我也不打算做什麼假山假石，沒想到，池子弄好以後，裡面居然游起些小魚來了，水泥做的池子，裡面怎麼會有魚呢？我想來想去也想不明白，而且，水也只是自來

水廠供應的自來水……」

「所以，陳叔叔，你也不知道這些小魚是怎麼跑進來的？」

陳叔叔笑著搖搖頭，但他的神氣似乎在說：

「上帝，祂老人家，做起事來是沒什麼道理可說的。」

「不過，」陳叔叔一面看爸爸的圖樣，一面說，「有個朋友的解釋我認為還算合理，你隨便聽聽就好，這朋友是詩人，她說：『一定是這附近有一條小溪，或者一片池塘，那水裡有大肚魚。然後，有一隻鳥飛過，鳥看見水裡有魚，就去吃了水裡的魚。吃完了，牠又飛開了。可是鳥為了保持身體輕盈好飛，常常會很快就大便了，大便太快，有些東西就來不及消化，那些吃下去的魚裡面有些可能是懷孕的母魚，飛鳥從天上拋下鳥屎的時候，把細小的還沒有消化的魚卵也一起拋下來了。

『這種鳥屎如果掉在人家的車頂上或者人家的帽子上，或剛好落在仰天大笑的人的嘴裡，那一定被人罵翻！

但那一天，它剛好掉在這院子的小池塘裡，魚卵又回到水裡來了。太陽照著水，水暖暖的，沒有人知道鳥曾在水泥池子裡拉了鳥屎，沒有人知道鳥屎裡居然有生命。然後，忽然有一天，小魚就孵出來了！小魚滿池游，你們都傻傻愣愣不知小魚怎麼來的，牠就是這麼來的呀！』」

「哎喲！哎喲！」文爸爸叫起來，「說得真神哪！不愧是個女詩人！」

「對呀！」陳叔叔說，「我們也是這樣笑她的，她卻很生氣，她說，『你們以為我會寫詩就不懂生態了嗎？我剛才說的雖然不是我親眼看見的，但也是有根據的哦！你想想，陽明山頂夢幻湖裡怎麼會長出水韭來，水韭是遠在大陸東北地區的植物啊，牠怎麼會自己跑來亞熱帶生長？是候鳥帶來的啊！陽明山頂剛好也冷冷的，所以水韭就移來臺北住了，植物的種子可以靠鳥搬家，動物的卵當然也可以靠鳥搬家啦！』我們朋友說她不過，也就暫時接受了她的『張氏學說』。當然，也有幾個朋友對『鳥屎說』

有點不滿意，覺得有點惡心，但想開了，其實也沒什麼啦！莊子說過，『在大便小便裡面也有了不起的大道理呀！』」

彥彥本來非常熱心抓魚，想跟陳叔叔討來回家養，但陳叔叔說的故事太精采了，彥彥一失神，竟讓三條小魚在淺碗裡都蹦回池子裡去了。

啊！這世界竟是這麼奇妙，飛鳥拉了一坨屎，竟有了滿池的魚，彥彥愣愣的站在水池裡，有些事情他好像懂了，好像又不懂，陽光和微風把水影晃到他臉上來，他一逕痴痴的站著。

「你看！」陳叔叔小聲說，但彥彥其實也聽見了，「陽光照在你兒子身上，他看來多麼像個閃閃發光的小天使啊！像個剛剛開始有了智慧的『迷惑天使』！」

（這故事中的設計師和「自己長出小魚來的池子」都是真實情節。）
——原載二〇一〇年八月二十～二十一日《國語日報‧兒童文藝》

哈齊齊的請客名單

　　哈媽媽一共生了兩個小孩，姐姐哈敦敦和弟弟哈齊齊，他們兩人相差三歲，這一切都很正常，但奇特的是哈敦敦和哈齊齊的生日都是六月六日，唯一的差別是姐姐是晚上十點鐘生的，弟弟卻是早上一點鐘生的，所以哈齊齊每次聽到姐姐說：

　　「你要聽我的話，我比你大三歲！」

　　都會反駁，說：

　　「哼！你才沒有比我大三歲！你要提早二十一個小時出生才能比我大三歲。」

　　這兩個人每年都一起過生日，大部分的時候他們都很

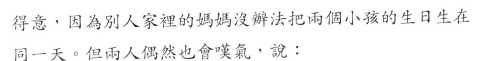

得意，因為別人家裡的媽媽沒辦法把兩個小孩的生日生在同一天。但兩人偶然也會嘆氣，說：

「哎呀！媽媽最小氣了，把我們兩人生成同一天，害我們每年都只能合吃一個蛋糕呢！」

今年兩姐弟又要過生日了，哈媽媽決定分兩次過生日，弟弟哈齊齊提早一天在六月五日過，因為六月六日凌晨一點事實上跟六月五日也很接近。而且，一般對老人家也有個「暖壽」的習俗，暖壽就是提早在前一天晚上先過生日的意思。哈齊齊第一次聽到「暖壽」這樣的詞兒忍不住笑起來，事實上他本來就在偷笑，但不好意思大笑，因為太高興好像表示不愛跟姐姐一起過生日似的。哈齊齊很愛姐姐，尤其姐姐最近盲腸炎剛開完刀，哈齊齊每次看到姐姐手按傷口忍痛的樣子都想大哭。但第一次自己過生日，哈齊齊仍然覺得擁有自己的生日比較有趣，只是本來不好意思笑，後來聽到「暖壽」兩字忽然有了理由大笑，就笑起來了：

　　「哎呀，媽媽，你說『暖壽』，我知道啦，爸爸開車前要『暖車』，你游泳前要做運動『熱身』，我過生日也要前一天來『暖壽』，那我過完了六月五日的，六月六日那一天，我還是要過的哦！」

　　「哼，你不要太得意，今年讓你提早過生日是例

外，不是為了你，是為了你的同學，你姐姐生病住院的時
候，大家都很關心你，所以我想週末請些你的同學來家裡
玩，也不能太多人，請五個就好，最多六個。等六月六日
輪到姐姐請同學──也是最多六人。」

「啊！我要請連雅文，還有文彥彥⋯⋯」

「哼！成天連雅文連雅文的，我就知道你喜歡連雅
文，」姐姐本來在一旁整理她的五個洋娃娃，她說生了病
都沒照顧好娃娃，「你還不承認，現在，你第一個想到的
又是連雅文⋯⋯」

「可是連雅文不是我女朋友，我現在還沒有女朋友，
我才不要跟女生玩⋯⋯」

「好啦，敦敦不要搗亂，齊齊你再說下去，我
要做名條給大家掛，不然，我會忘記
他們的名字。」

「還有黃新基——就是我說上次回澎湖掃墓，回來晒得像隻大龍蝦的那一個。」

「現在還像龍蝦嗎？」哈敦敦問。

「不像了，他褪了一層皮——還有陳旭光。」

「哎呀，」敦敦叫起來，「就是那個拿甘蔗汁澆火的那一個嘛！不過，媽媽，你不是說過一定要齊齊請一個……一個……，反正不能全部都請自己喜歡的同學！」

「這是什麼意思？」哈齊齊嚇了一跳，「不能都請自己喜歡的同學？難道要請自己不喜歡的同學？」

「對了，差不多就是這個意思。我跟你姐姐商量，發現你回家來提到的同學名字好像就是固定只有那幾個，所以猜想起來，一定是有的人你不喜歡，或是有的人不喜歡你，所以趁著……」

「我沒有不喜歡誰！也沒有誰不喜歡我！」哈齊齊有點生氣。

「但是，你想想，有些同學，你可能從來都沒有跟他

們講過一句話——你想，現在已經是六月了，你們幼稚園就要舉行畢業典禮了，以後，你可能一輩子都見不到這批同學了……」

　　說到這裡，敦敦說不下去，居然快哭了。

　　「你怎麼了？」齊齊不知道姐姐怎麼會這樣。

　　「我想起我幼稚園的同學謝敏從來了！」

　　「他是誰？」

　　「你看，你不知道，因為我從來都沒提過他，沒提他，是因為他怪怪的，不但我覺得怪，大家都覺得他怪，大家都不理他，他也不理大家……去年聽說他死了，原來他有血癌，我們都不知道……他出殯的時候我們合唱團去唱了歌……」

　　「啊，我想起來了，是去年冬天。」齊齊說。

　　「我還記得那首歌是我們合唱團的指揮鍾老師寫的。」敦敦說著就離開椅子站起來，並且唱道：

啊！親愛的朋友，原諒我

有些事我真的不知道

啊！如果知道說再見

會這麼早

我一定會跟你作一次

大力的擁抱

並且讓你知曉

我願意跟你一起傷心

一起傻笑

一起聽故事

一起拍手鬼叫

一起罵壞蛋

一起為好人叫好

啊，親愛的朋友，原諒我，

有些事，我真的不知道

歌非常好聽，齊齊聽得也快哭了。

「好，我請唐安怡跟……」

「唐安怡不算，她也是你常提起的名字，雖然你每次提起她都說『唐安怡她最討厭了』，可是你其實還滿喜歡她的，你還知道她的生日是九月一日呢！」

「哼，那件事全班誰不知道？她成天都掛在嘴上說，她說：『我的生日是九月一日，可是園長說八月三十一日以前出生的才能入學，我就只好再等一年，變成跟你們這些小傢伙同班了，我其實是你們的大姐姐哦！』」

哈齊齊一面說一面學，把媽媽和姐姐都逗笑了。

「不過姐姐也太討厭了，我都說了『唐安怡跟──』，你都不等我一句話說完就開始罵我……」

「跟？跟誰？」

「跟藍如斯──」

「藍如斯是誰？這名字沒聽過──」

「她都不說話，她是大班才轉進來的，從南投。她很

怪，她都不坐我們的娃娃車，她家的人自己開車送她接她。她說開車那人是她爸爸，但她爸爸好老，頭髮都白了，我覺得是她爺爺。她不但很少說話，還常常戴著個口罩……」

「她會不會也有血癌──」敦敦緊張起來。

「不會吧──」

「好，一共六個人，不能再多了，我們家太小。爸爸明天會從上海趕回來。」

「爸爸的廠不是在東莞嗎？怎麼又跑到上海去了？」齊齊問。

「爸爸朋友多，他有個朋友在上海，做腳踏車生意。」姐姐幫忙解釋：「那朋友說有個困難，要請爸爸過去幫忙一下，所以他又跑去上海。」

「啊，今天是六月一日，還有四天，我們要來計畫一下，」媽媽說：「第一，我們要告訴老師，請老師去問各家爸媽，如果他們同意讓小朋友來，就請告訴我們電話號

碼，我們就會一家一家去說明。到時候可能要靠爸爸去一家家接小孩。」

「我猜你要煮酸梅湯。」

「猜對了，我一向不喜歡給小孩喝可樂，我還會擠新鮮橙汁⋯⋯。」

電話響了，是爸爸打來的，爸爸說上海的林叔叔要送敦敦和齊齊各一輛腳踏車，哇，這真是一個快樂的好消息。

不知道為什麼，生日宴會雖然是四天以後的事，但能和媽媽、姐姐，還有遠在上海的爸爸一起來討論這件大事，齊齊覺得真是件幸福得不得了的事啊！

——原載二〇一〇年九月三～四日《國語日報・兒童文藝》

「我們提了十二串香蕉來了！」

　　六月五日到了，哈齊齊早上還沒人叫他起床他就自己爬起來了。今天是星期六，他的六歲生日宴會要在中午舉行了，他的六個同學都說會來。

　　聽同學說願意來，哈媽媽很高興，而且連哈齊齊說的那個不愛理人的藍如斯也答應要來呢！哈媽媽在電話裡告訴每一個小朋友，說：

　　「你們願意來我家慶祝哈齊齊生日快樂，我很高興，這是他第一次跟自己的朋友一起過生日，但是因為你們現在還太小，還不會自己賺錢，所以請不要送禮物來──如果你們帶禮物，那花的也是你們爸媽的錢，我不喜歡這

樣。不過假如你們為齊齊唱一首歌，跳一個舞，變一個魔術，或講個故事，那倒是很歡迎！」

所以，在哈爸爸開車繞了一圈，把六個小朋友帶回家來的時候，（順便介紹一下，哈爸爸是蒙古人，本來應該騎馬的，但他是「城市蒙古人」，所以有點喜歡好車，他的車特別大，是名牌，是個朋友讓給他的二手車。）大家一走進家門，就念了一句話：

「哈齊齊，生日快樂，我們提了十二串香蕉來祝賀你了！」

哈媽媽在廚房正忙著，聽了這話嚇了一大跳，連忙跑出來，嘴裡一面叫著：

「哎呀！哎呀！你們這些小孩子，不是叫你們不要買禮物嗎？你們怎麼不聽話，十二串香蕉怎麼得了！要吃到哪一天呀？」

結果跑到大門口一看，原來哈爸爸似乎正在擔任導演，六個小朋友站成一大排，每個人動作整齊的把一雙手

在胸前垂著，手背向外，手指向下。看到哈媽媽出現，他
們又像演練好的，一起抖起雙手來，並且一起說：

「一個人兩串，六個人十二串！」

其中唐安怡代表大家說：

「哈媽媽，你叫我們空著手來，我們真的空著手來

了，空著的手很像香蕉，所以就算我們每人送了兩串香蕉！」

哈媽媽笑了起來，一面用手拍胸口，說：

「哇！還好！還好！如果是真的香蕉，那真不知怎麼辦才好——不過，小心！等一下我要像虎姑婆一樣把你們

每個人的手指頭都拿來吃一口哦！香蕉嘛！當然是要給人吃的囉！」

大家都笑了。

哈媽媽瞄了一眼，就走到一個穿著藍色洋裝的小女孩面前，說：

「你就是藍如斯嗎？」

藍如斯嚇了一跳，說：

「咦？你怎麼知道？」

其實今天小客人中，三個男生，三個女生，女生中愛說話的當然就是唐安怡了，看來善良乖巧的應該是連雅文，剩下這個大眼睛白皮膚，看來有點容易嚇到的應該就是藍如斯了。不過哈媽媽卻說：

「你穿著淺藍色的衣服，又結著深藍格子的髮帶，好漂亮。我就猜你姓藍——是你媽媽把你打扮這麼漂亮的嗎？」

「不是，是我自己選的，爸爸也幫著我——媽媽在住

院。」

「哎呀！」哈齊齊叫起來，「你媽媽也『盲腸炎』了嗎？她也去開刀了嗎？」

「不要笨了，」哈敦敦又好笑又好氣，「不是每個人都生盲腸炎的病，不是每個人都要開刀！」

「我媽媽的病不能開刀，她生的病是『憂鬱症』。」藍如斯說得很慢很小聲。

「『憂鬱症』是什麼病呀？憂鬱症就是不快樂嗎？我也常常很不快樂耶！」文彥彥有點擔心起來。

「哎呀，你小孩子，有什麼不快樂？」哈媽媽說，這時全部十個人圍著一個圓桌，「做媽媽爸爸才不快樂，像哈爸爸要擔心大陸的工廠，像我，要擔心丈夫和小孩……」

「我也擔心，像過兩天就舉行畢業典禮，我要代表致辭，我都煩死了！還有，像有時候我早上是讓汽車的臭味吵醒的，那麼臭的味道，對我們的身體一定不好──唉，

可是不汙染空氣的車子還沒做好……」

　「好了，文彥彥，」哈爸爸說，「這種事，將來要靠你了——不過，現在，你跟齊齊一同到廚房去幫哈媽媽把涼麵和酸梅湯拿到桌上來。」

　「麵怎麼涼了？我要吃熱的麵！」陳旭光忽然冒出一句。

　　「不是的，」哈敦敦說，「這個涼麵
不是把熱麵放久了變涼的，它是
我們很努力把它弄成涼的，
我今天一大早就跟媽媽一起
做這道『哈家涼麵』！很累
哦！你吃了就知道──
對了，你也來廚房幫
忙，你幫忙放筷
子吧！」

　　「筷子太輕
了，叫女生做就
好，你叫藍如斯去，
她力氣小，我力氣大，
我在家裡都抬重的，
我抬冰淇淋好了──
聽說有巧克力冰淇淋，對不

對？」

「對，但飯前不准吃甜點，所以，你幫忙抬麵吧！」哈爸爸說。

「咦！抬麵不是我的工作嗎？」哈齊齊抗議。

「你來做一件更難的，」哈媽媽說，「你來端佐料，像醬油、麻油、醋、芝麻醬水、糖水、蒜水……」

「咦？端一碗佐料更難嗎？」

「當然，你要小心一滴都不灑出來！」

「哇，聽起來果真有點難！」

所有的小朋友都分配到一些工作，而且大家都做得很好，唐安怡還負責把桌上的東西排得很整齊。

涼麵很好吃，哈媽媽還準備了胡蘿蔔絲、黃瓜絲、蛋皮絲、豆芽和雞絲供大家拌麵，黃新基和陳旭光都是第一次吃，黃新基居然跟哈爸爸一樣敢澆辣椒油，讓大家十分佩服。他們兩人各吃了三碗。其他人都只吃了一碗或兩碗。

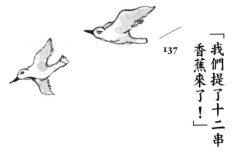

吃完飯還有冰淇淋和蛋糕。

「剛才藍爸爸說，藍如斯不能吃芒果。」哈爸爸提醒，「會過敏，還有，她對貓的毛也過敏。」

「放心，上次電話連絡的時候，藍爸爸就交代過了，」哈媽媽說，「我們家沒養貓，而且我們今天主要的冰淇淋是巧克力冰淇淋。」

「主要是什麼意思？」哈齊齊緊抓著媽媽的話，「那意思是說還有別的冰淇淋囉？」

「對，還有香草的、草莓的和芒果的。明天敦敦的生日宴也要吃啊！」

「咦？藍如斯對芒果過敏——」

「別人可以吃啊！——」

「我也要吃，」藍如斯說話了，「上次過敏科醫生說，我雖然吃新鮮芒果會過敏，但冰淇淋的芒果是煮過的，我可以吃，不過平常媽媽都不准我吃，我其實好想吃啊，我好喜歡芒果的味道！」

　　哈媽媽和哈爸爸互望了一眼不知該怎麼回答，後來哈媽媽就站起來去打電話，藍爸爸不在家，好在他為人細心，還留了手機，他怕藍如斯隨時有狀況。接到電話他起先嚇一跳，以為真出事了，等知道只是「冰淇淋事」，他同意讓如斯先吃兩小匙，如果沒問題，下一次會准她吃四小匙。同學聽了都高興拍手，文彥彥最鬼，他立刻拿個小匙，挖了一大坨，大到比乒乓球還大，如斯吃了兩坨，高興的笑了，以前好像大家都不記得如斯笑過。

　　那天，飯桌上臨時還來了哈齊齊的叔叔，哈家的三個男人長得很像，哈爸爸、哈叔叔和哈齊齊，他們的差別只是大中小號而已。

　　哈叔叔飯後唱了一首蒙古歌，是他跟住在蒙古高原上的蒙古朋友新學的，大家都聽不懂他唱的是什麼，他唱完又翻譯說：

　　「這首歌是說，我的媽媽很老了，我非常愛她，但怎麼辦呢？如果有一種藥可以讓她重新年輕健康，我就是走

遍全世界也願意為她去採這種藥啊！」

　　大家都覺得這首歌很好聽，卻只有藍如斯低下頭去，一滴沉重的淚水「啪」一聲滴在她美麗的裙子上，連雅文坐在她旁邊，她伸出左手過去握著如斯的右手，別人都沒有看見，因為那一天桌上鋪著低垂的桌布。如斯感激的望了雅文一眼。

　　「怎麼樣？」哈媽媽收拾好廚房跑出來關心的問，「如斯一小時前吃了芒果冰淇淋，有什麼不好的反應嗎？」

　　「沒有，謝謝哈媽媽，下一次，如果有機會吃四匙芒果冰淇淋，我希望幫我挖ㄨㄚˇ的人還是文彥彥。」

　　　　　　　——原載二〇一〇年九月十七～十八日《國語日報・兒童文藝》

不知道自己是天使的天使

「喂，我找連雅文。」

「我就是。」

「我是文彥彥。」

「我知道，會打電話來的就只有你嘛！」

「你好像不太喜歡接到我的電話？」

「也不是啦，不過，我怕媽媽知道我們的祕密。」

「好，那我講快一點——我覺得我發覺了一個大祕密，那就是，原來哈齊齊也是天使，我昨天在生日宴會上發現的。」

「哦？」

「你看，很明顯的，他請客居然會請藍如斯，藍如斯那麼驕傲、那麼討厭，大家都不理她，她也不理大家，哈齊齊居然會請她，你看，他不是天使是什麼？」

「你說的有點對，哈齊齊雖然有時候愣愣的，有時候又愛傻笑，但是他其實很聰明又很善良。所以，我猜，他應該是一種『自己已經是天使了，可是都還不知道自己是天使』的天使……。」

「哎呀，世上居然有這種天使，」文彥彥大嘆了一聲，「你的意思是說，他都不用像我那樣寫好天使立志書，他都不用去找王伯伯，他就自自然然變天使了？這太不公平啦！」

「王伯伯說，各個小孩本來就不同，這沒有什麼公平不公平的。不過，王伯伯說，本來不太像天使，結果很努力很辛苦才做成的天使，才是更可貴的天使。」

「咦？你說的是我嗎？」

「我不敢說，不過，我聽到鑰匙在響，我想我媽媽回

來了，她很好奇，什麼事都要問，我不想讓她來問我——再見了！」

　　咔一聲，電話掛上了。

　　文彥彥覺得要小心，不要讓小天使的事情被大人知道是對的。可是，如果不能跟連雅文說說內心的想法，那也真要憋死人啊！怎麼辦呢？剛才話沒說完，可是連媽媽已經回來了，做小天使是不可以撒謊的，尤其是向媽媽，而一說真話又會破功，真麻煩啊！

　　於是文彥彥又打電話給司機王伯伯。

　　「王伯伯！王伯伯！你知不知道，我們班上其實還有第三個天使？」

　　「哎，哎，哎，」王伯伯在電話那一頭笑了，「文彥彥小天使，拜託你不要說外行話了，做天使就像做間諜，越不讓人知道才越好，到處叫得讓人人知道誰是天使就大事不妙了呀！」

　　「但是，我覺得哈齊齊根本就是天使！」

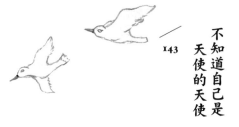

「他是不是天使關你什麼事？你好好做你的天使就夠你忙的了！」

「還有，王伯伯，我猜你也是個老天使，不然你怎麼懂那麼多天使的事？」

「不是，不是，你別胡址，我是不配做天使的……」

「有人不配嗎？誰才配呢？」

「我不知道誰配，但我知道我不配，因為我不好，我年輕的時候做過壞事，不要問我做過什麼壞事！我甚至坐過牢，但我也不告訴你我坐過幾年牢！我不配做天使，但好在上帝准許我做小天使的守護人……」

「天使也要守護人嗎？」

「不是天上飛的真天使，而是像你這樣的『小人兒天使』，我就守護你們這種『小人兒天使』！」

「連雅文說哈齊齊是那種『自己都已經是天使了，卻還不知道自己是天使的天使』，唉！他怎麼那麼好命呀！」

「這沒有什麼好命不好命的，哈齊齊生來就是那種性子！」

「可是，我做天使做得很辛苦耶！有時都想不做了，好累呢！」

「你覺得划不來嗎？」

「是有一點啦！」

「文彥彥，你不要這樣想！其實，你是很有福氣的天使哦！特別有福氣的！」

「才不是，你看，連雅文是天使臉，哈齊齊是天使心，我卻是壞脾氣，沒耐性……」

「其實，上帝是很公平的，像你這種天使，因為做得很辛苦，上帝只好站得離你們特別近，在你們耳朵邊上說話，好讓你聽清楚。祂又親自把你兩個肩膀握住，像把舵一樣，親自引領你走正確的路……。

「真的──」王伯伯繼續說，「而且，你看，像哈齊齊，自己是天使自己都不知道，還真不好玩。而你，你因

為時時刻刻有衝突有矛盾，所以你幾乎每一秒鐘都知道自己在做天使，這不是比較好玩嗎？」

「好吧，王伯伯，我知道了，我是『辛苦天使』。好吧，那也只好這樣了！不過，你說你做過壞事，真的不能告訴我是什麼壞事嗎？」

「不能，多知道祕密其實不好，因為要保守祕密很累。」

「好，我不說了，我爸爸好像去運動回來了。再見！」

文彥彥掛了電話就跑去跟爸爸說自己要出門一下，要去哈齊齊的家。

「昨天不是才剛去，怎麼今天又要去？」

「帽子忘他家了。」

「明天禮拜一，會上課，叫他帶來給你就是了！」

「不行啦，他請客只請了六人，明天他拿帽子給我，讓別的小朋友看見不好啦！」

　　爸爸叫他快去快回，文彥彥沒撒謊，他的帽子的確是在哈家，但卻是他昨天計畫好了故意「掉」的，他想再去觀察一下哈家那家人是怎麼回事。

　　才早上十點，哈家今天很忙，換哈敦敦當主角了，今天哈家又是要吃涼麵，哈齊齊正努力攪著芝麻醬，必須一小匙一小匙往醬裡加水，並且順著一個方向攪。哈爸爸去接小朋友了，十一點會回來，像昨天一樣。

　　「為什麼你姐姐今天過生日，卻是你來攪醬？這多倒霉！」

　　「昨天也是姐姐替我攪的呀！今天姐姐很忙，她要梳辮子，還要換漂亮衣服……」

　　文彥彥聽了有點慚愧，原來哈家人是這樣互相照顧的。

　　「為什麼又吃涼麵？」

　　「這樣才公平呀！而且媽媽說涼麵是好東西，又便宜又飽人，又有各種絲，葷的素的都有，營養很平均！平常

我們自己也吃，媽媽說自己家做的是完全乾淨的。」

　　文彥彥真的佩服起哈媽媽來了。哈齊齊不久就攪好了醬料，跑進去把文彥彥的帽子拿了出來。奇怪的是，帽子放在一個布球上，布球快有排球那麼大，布球裡面窸窸窣窣的，好像放了砂子，但不對，砂子不會那麼輕，也不會那麼大粒。文彥彥聞了一下，還有點香香的。

　　「這是什麼怪東西呀？我的帽子為什麼要放在那東西上面？」

　　「這是我媽和我姐做的布花球，她們去買了些紫紫的薰衣草，又加上些粉粉的小玫瑰花，好像還有其他什麼什麼的，我媽媽用碎花棉布縫成一個圓布球，那些香香的東西就填在球裡面，可以讓我爸回家來把帽子放在上面，這樣第二天帽子就會香香的，比較好聞。昨天我姐發現你的帽子，她說：『哎呀，文

彥彥忘了他的帽子，他是一個又聰明又乖巧的小天使，哎呀，他帽子裡還有一行字，說，助人為快樂之本。讓我來幫他把帽子薰一薰吧！下回他頭腦就會清明，就不會到處亂掉帽子了。』奇怪，姐姐從來都不誇我聰明，卻說你聰明哦！」

文彥彥拿了帽子回家，還隔著房門，向關著門正在裡面梳頭換衣服的哈姐姐大聲道了謝，並且祝她生日快樂。

文彥彥一面走回家，一面困惑不已。唉，這哈家人真奇怪，他們難道是「天使之家」嗎？那頂昨天套在花球上的帽子此刻飄著若有若無的淡淡香味。他想，等我戴它一小時之後再拿下來，說不定到時候我真的頭腦清明，就把許多事情都想通了呢！

——原載二〇一〇年十月一～二日《國語日報・兒童文藝》

「不要不看人！」

「唉，簡直煩死人了！」文彥彥大嘆了一口氣，「真是倒楣啊！」

「彥彥，」媽媽在客廳靠落地窗的沙發上坐著，手裡拿著電話，正在跟余阿姨聊天，沒想到她耳朵那麼尖，連彥彥嘆一口氣她都聽到了，「你忘了，我告訴你不准說『倒楣』兩個字，你又說了！」

啊，彥彥心裡想，這還真叫倒楣，連「說倒楣」都會讓媽媽聽見，這簡直是倒楣加倒楣。媽媽也真奇怪，為什麼不准人說「倒楣」？

「啊，沒什麼，」媽媽又繼續跟余阿姨聊起來，「正在罵小孩啦！小小一個人，什麼倒楣不倒楣的老掛在嘴上，也不知哪裡學來的，笑死人了。人生那麼長，真倒楣的事將來還怕少嗎？」

「哼，」彥彥心裡暗自抗議，「什麼小小一個人？小小人也有小小人的倒楣事，要去畢業典禮上去代表畢業生致辭的是我耶！難道還不夠倒楣嗎？」

「啊，我想起來了，你當年好像是演講大家呢！怎麼樣，來指導指導我家小犬吧？他這兩天為了畢業典禮上臺的事，急得像火燒屁股似的。」

什麼跟什麼嘛！我一下又變成小狗了，倒楣啦！你可以說小犬，我就不可以說倒楣，這才是倒大楣哪！而且，而且，還說什麼「屁股」，余阿姨是女生耶，丟死人了！

「啊呀，揀日不如撞日，我看你今天就來吧！我是說現在，現在七點鐘，你到我家七點半，你是演講天才，什麼場面沒見過，來教我家小犬，半小時也就夠了，我家小

犬不算太笨啦，可以受教的啦！」

搞什麼鬼，去叫余阿姨來幹麼？

「好啦，好啦，萬事拜託，多謝啦！」

媽媽掛上電話，動作火速，像加速的電影帶，她一面
火速換下自己的衣服，一面把彥彥和妹妹的衣服也換了，
又急急忙忙的拿抹布把飯廳和客廳擦了一遍⋯⋯

余阿姨也果真像精靈一樣快，彥彥聽到門鈴響了！

「彥彥，算你好福氣，余阿姨來了，她讀大學的時
候，只要有演講比賽，她穩拿第一名，不像我，我連個國
語發音都不正啦！」

「可是，余阿姨又不是我們幼稚園的，她怎麼知道我
該講什麼呢？」

「你不管什麼幼稚園和小學中學的，反正余阿姨很
厲害就對了，她不管演講、辯論都是打遍全校無敵手，
到現在，她做的還是公司的公關，她就是有本事說服別
人⋯⋯」

　　正說著，余阿姨已經上樓來了。余阿姨是熟人，彥彥只淡淡的打了個招呼，心裡很煩媽媽多管閒事。

　　「啊呀！」媽媽今天老是用誇張的「啊呀」來開頭，「我都差點忘了，余阿姨當年也當過我師父呢！」

　　「啊呀！你也參加過演講比賽啊！」這次輪到文彥彥來啊呀了，他十分懷疑的望著媽媽。

　　「而且在本師父的指導下，還得了個第三名哦！」

　　「啊呀！我都忘了，的確是第三名呢！」媽媽轉頭捏了彥彥的臂膀一把，「你猜不出來，那次是僑生的演講比賽，我的國語比那些美國、英國、西班牙回來的人要好很多呢！」

　　「都是本師父調教有功！」余阿姨不忘自我吹噓一番。

　　「啊呀！對了，我想起來了，你還教了我四個成語，一個是『舉一反三』，一個是『飲水思源』，一個是『倒吃甘蔗』，一個是『青出於藍而勝於藍』。你看，我都還

記得！」

「嗯，這徒弟果真不賴，真是『孺子可教』也！」余阿姨轉頭看了彥彥一眼，「這是成語，意思是說：『這小孩很不錯，可以受教。』」

「『可以受教』是什麼意思？有小孩是不能教的嗎？」

「當然有啦！那就變成『孺子不可教』了！像驕傲自大的、看不起老師的，或者懶惰的，就教他不成了！」

文彥彥不說話，心裡暗叫一聲：「不好了！要倒楣了！」今天變得非聽余阿姨的不可，否則就是「孺子不可教」了。

接下來余阿姨把彥彥帶到爸媽臥房的大書桌前，文家沒有書房，但臥房裡靠窗都有一個長條形的書桌，這是這次整修房子的時候順便做的，連妹妹都有。爸爸的書桌前有兩把椅子，本來是一個大的爸爸坐，一個小的媽媽坐——現在是余阿姨和彥彥坐，媽媽竟被關在外面，彥彥為

此高興得不得了！

「演講不難，只有三件事，第一，要心地光明說真話，誠心誠意說的話自然會感動人；第二，口齒要清楚，這一點你其實不成問題，你從小就伶牙俐齒；第三，要言之有物，就是說，你到底要講出個什麼道理來？」

「啊，就是這第三點我不知道怎麼辦，老師本來想教我，她給我看去年學姐的稿子，我看不懂，老師念給我聽，很煩耶，說什麼，『時間過得那麼快，鳳凰花開了，知了在樹上叫了，不知不覺，我們就要互道再見了』……」

余阿姨聽了一半就哈哈大笑了起來。

「我猜你一定不耐煩這篇稿子，我們來點兒新的吧！告訴我，你心裡頭有沒有最想說的一句話，我是說，你自己真心想說的一句話？」

「有，我覺得很捨不得大家，但我知道我們以後不會在同一個國小，有的人還會去外縣市。我只有一個希望，

希望我們以後互相多打電話！我才不想講什麼鳳凰花，我根本就沒見過鳳凰花……」

「這就對了，不過你有沒有想到，你的這篇演講問題不在動嘴，而在動手。」

「什麼？動手？」

「對呀，你想想看，你叫同學多連絡多打電話，他們應該也很同意，至少是不反對，不過，這是一句空話，因為，他們真拿起電話，哪來的資料可以打電話呢？所以必須有人為他們印一張同學電話一覽表，或者把資料放進他們的手機。但幼稚園小孩，買手機有點過分，還是來印一張表格吧，連老師和園長也一起印上去，連注音也一起印上去，因為你們都還不認得幾個字呢！」

「可是這些事得靠人幫忙，我想起來了，我用手寫名字，用注音寫，也寫電話，然後請老師去辦公室影印！」

「對呀！這樣並不麻煩，大概半小時到一小時便可以做完。有了這一張，你就可以講了。」

「余阿姨，你不是要來教我怎麼講嗎？」

「不用了，我剛才說過，你這番講話，動手比動嘴重要。你動了手，給了同學資料，再來動嘴，別人就會接受你的建議了。」

「所以，余阿姨，你不是來教我背稿子的？」

「不用，我只給你一個建議。」

「什麼？」

「演講的時候，好好看著臺下的人，你平常講話有點凶，但如果你看著對方，尤其對方又是你的好同學，就比較不會去凶人家。」

「我有點凶？我怎麼都不知道。」

「你不知道我知道呀！我看你有時有點凶，你會跟你妹妹說：『煩死了，你很煩人耶！』你會跟爸爸說：『倒楣啦！青花菜好難吃！』」

「我上臺才不會這樣講！」

「但，你上臺雖然不講，你還是有那麼個念頭存在心

裡，這樣就讓你的臉不好看。可是如果你眼睛常看著對方，譬如說，看著你妹妹，想到剛才十分鐘以前，你妹還來抱你，跟你說：『哥，你好厲害哦！』你就罵她不下去，然後，你的臉就會變得比較仁慈——你信不信？」

「如果我看的人讓我愈看愈煩呢？」

「哦！這我就不知道了，我的經驗是『不要不看人』，不要抬臉看高處，這樣人就會變謙虛一點——我們用半年的時間來實驗一下看看。」

「啊呀！余阿姨！」彥彥忍不住又用媽媽的啊呀來開頭，「你真厲害，我現在懂我媽為什麼那麼最愛跟你說話了！」

──原載二○一○年十月十五～十六日《國語日報‧兒童文藝》

藍得如此如此的藍

「連雅文，你跟我到辦公室來一下，好嗎？」下課的時候，老師跟連雅文小聲說。

連雅文點點頭，就站起身來，悄悄跟老師走了。

到了辦公室，老師的嗓門又恢復正常，變得又急又快又高昂，她開門見山便說：

「連雅文呀，有一件事，其實是文彥彥的事，我猜他不好意思開口，我替他開口，你可以幫他忙嗎？我看他為了畢業典禮的事很煩惱呢！」

「哦？真的嗎？他很會講話，他不會害怕的！」

「不是害怕──而是，有一件事，他不知道該怎麼做……也許你可以幫他……」

「哦，真的嗎？」

連雅文口裡雖不說，她的表情卻像在說，怎麼可能？文彥彥自己很厲害耶！

「事情是這樣的，文彥彥本來想在演講的時候送給畢業同學一張電話表，意思是希望同學以後要常常打電話，常常彼此關心，但一開始進行，才發現事情不太容易……」

「很難嗎？」

「嗯，連我也沒想到有那麼難，第一，要弄一張表，就要寫名字，但我們幼稚園沒教過小朋友認字，所以大部分的小朋友都還不認得字──所以就算印出名字來，也不是人人能看得懂的──」

「可以寫注音符號啊！」

「也不是每個小朋友都認得注音符號──說來奇怪，

許多小朋友還比較更容易認識字。譬如說，手，看起來就滿像一隻手，他們在電視字幕上或廣告上看見，就記得了。如果用ㄕㄡˇ兩個注音，反而不容易搞清楚。」

「可以用照片啊！」

「這倒是個好辦法，我和文彥彥也想到了，但也有麻煩，你們現在是六歲了，但放在我這裡的照片其實是你們三歲剛入園的那時候照的，現在看起來也不太像了⋯⋯」

「所以應該現在來照一張新的，照相我會，老師是想叫我幫忙照相嗎？」

「對，不過還有一個問題更麻煩，簡單的說，全班同學的電話我都有，但為了尊重每個同學，我不方便把這些資料卡上的電話直接告訴文彥彥。」

「沒關係，照片後面就空下來，讓大家自己去問號碼。」

「這個辦法，我和文彥彥也想到了，但至少有一個同學有問題。」

「誰？」

「藍如斯。」

「她怎麼啦？」

「我記得去年她轉學來我們幼稚園，我請她爸爸填資料卡，藍先生當時有點遲疑。我就說啦，填是一定要填的，不然萬一有了事，要找人找不到呀！他勉強同意了，卻一再叮嚀說，這個電話要保密，千萬不能讓別人知道！而且，他還給了我他祕書的電話，他說，要找，盡量先找祕書，有解決不了的問題才找他。」

「那，就叫藍如斯在同學問起電話號碼的時候，說自己不能告訴同學就是了。」

「這也有問題，我們今年有三班畢業生，總共六十二個小朋友，如果藍如斯要跟自己以外的六十一位同學一個一個說：『對不起，我不方便把我家的電話告訴你。』這樣，她一定會覺得很沒面子，最後一定簡直差不多要瘋掉了……」

「啊，那我也不知道該怎麼辦了，藍爸爸為什麼不能讓電話給別人知道呢？」

「藍爸爸是大官，他怕有人會綁架藍如斯。」

「哎呀，這，怎麼辦呢？」

「對呀，真要好好想一想，那麼善良那麼可愛的藍如斯，怎麼可以都沒有同學跟她連絡呢？」

連雅文有點困惑的抬頭看了老師一眼，意思似乎說，她很善良嗎？

「唔，她真的很善良。有一次，我跟江老師在走廊上聊天，談到江老師女兒出嫁的那一天，江老師在婚宴後回家，看著女兒空了的房間，大哭了一場。我們兩人說完都自我嘲笑起來，沒注意藍如斯正好經過，並且站在旁邊聽，她居然一時眼眶都紅了呢——唉！」

「她爸爸的官很大嗎？」

「好像有點大。」

「她媽媽的憂鬱症很嚴重嗎？」

「好像很嚴重。」

「我能做什麼呢？」

「你去找她談談看有什麼辦法？」

「好。」

連雅文雖然答應了，卻不十分明白，只不過告訴人家一個電話號碼，為什麼這麼困難呢？綁架，綁架又是怎麼回事？

連雅文去找了藍如斯，並且把事情問了一遍，不出所料，藍如斯家的電話是不給人的。

「以後怎麼辦呢？大家不能連絡了，你如果生病了，我都不知道，連替你禱告都不能呢！」

「可是，我爸爸很可憐，他的第一個太太死了，我的媽媽又病了。他說，如果有人把我綁架，他也不要活了！」

「什麼叫綁架？」

「就是有壞人把小孩搶走，藏起來，然後打電話跟父

母要錢，要很多很多錢，不給錢就『撕票』，撕票就是殺掉小孩的意思。有時候，他們雖然拿到了錢，也會照樣撕票！」

「好可怕！——不過，這跟電話有什麼關係？」

「其實，應該也沒有太大的關係，他們如果抓到我，雖然不知我家電話，他們也可以拚命打我，我一痛，可能就告訴他們了……」

「唉，這世界上魔鬼還不少啊！」

「所以，應該趕快有些天使！」藍如斯說。

「可是，天使也不是想要有就有的！」

「嗯，可是上次我去哈齊齊家，我覺得哈齊齊就很像天使！哦，如果我有個弟弟像哈齊齊，那真比爸爸給我買一百件新衣服還要快樂啊！」

「我們來禱告，讓你媽媽的病快點好，再生個弟弟。不過，如果你能常跟哈齊齊打電話聊天，不就跟有個弟弟差不多嗎？」

「啊！我想起來了，我爸爸說會幫我買一個手機，但不是現在，要再等三個月。現在，我的電話就寫老師的吧，到時候她會告訴你們我的手機號碼。」

「哇！好棒，你居然要有手機了！」

「我其實不想要手機，但爸爸說我這樣就可以多有機會跟他講講話。我喜歡他回家，回家就可以面對面講話……」

奇怪，連雅文覺得藍如斯從來都不太說話，今天一開了口，居然說個不停，看來都是那天哈齊齊楞楞的傻笑感化了她，哈齊齊真了不起。

「平常，你爸爸不在家，你都跟誰吃飯？」

「跟瑪德蓮娜，她是菲律賓人，她都說英文，可是，爸爸也不喜歡我跟她多說話。爸爸說，她們的英文腔怪怪的，叫我不要受她影響。」

「所以，你都很少說話？」

「很少，我會跟媽媽打電話，她住在醫院裡……」

「你也可以給我打電話啊！」

「不行，爸爸也不准我打給別人，他怕顯示器會把我們家的電話洩漏了。不過，最近他又聽說有一種電話可以讓別人看不到我們家的電話號碼，等我有了那種電話再給你打……」

唉，真累啊，做大官的女兒還真不好受吶！

不過，今天真不錯，幫文彥彥一個忙，也讓藍如斯說了那麼多話。

「你應該常常說話，你以前都不說話，」連雅文說，「你看，你的聲音很好聽，像你的名字，如絲，就像絲一

　樣，像絲一樣柔軟光滑！」

　　藍如斯愣了一下，笑出來。

　　「啊呀，你弄錯了，我不是『絲綢』的『絲』，是『斯文』的『斯』，『如斯』是『如此』的意思，『藍如此』，是指『藍得如此如此的藍』的意思。」

　　連雅文似懂非懂，只覺得那名字美極了，看來藍爸爸應該很有學問，所以才為女兒取了那麼美麗的名字，想到這一點，她又有點羨慕起藍如斯來了。

　　　　　　──原載二〇一〇年十月二十九～三十日《國語日報・兒童文藝》

站在木頭箱子上的演說家

「哎喲！你很煩耶！」

這差不多是文彥彥在家裡講得最多的一句話了。當然，他這句話只能去說妹妹，不能去說爸爸媽媽。

好在妹妹大概因為聽慣了，也不怎麼太生氣，大不了回他一句：

「哼哪！你也很煩！」

說這句話多半都是因為妹妹拿個什麼怪東西來問他，譬如她會說：「哥，怎麼這塊石頭是白的，另外這塊又是黑的，——咦？奇怪，還有一塊是紅的吶！」

　　那一次，他們在海灘撿貝殼和小石頭。

　　「你很煩耶！石頭本來就有黑的有白的嘛！而且你說是紅石頭的那一塊根本就不是石頭，它是磚頭──」

　　「它是磚頭？」

　　「對呀！磚頭本來很大塊，這是小的一塊，掉在海裡，被海水沖沖刷刷，就變得圓圓小小的啦！」

　　「你怎麼知道？你都看見它掉下去了？」

　　「沒有，是上次去海邊玩的時候，沈叔叔告訴我的。你看，它特別輕！」

　　「哼哪！你上次問沈伯伯的時候，他一定沒罵你『你很煩耶！』。」

　　「啊喲，囉嗦，你真的很煩耶！」

　　但是自從立志做小天使，文彥彥覺得這句話好像不太像小天使該講的，所以就小心不太說了。不過這兩天，妹妹有點奇怪，他忍不住又說了：

「喂，你很煩耶，你幹麼一直跟著我！」

「哥，你幹麼一直躲在廁所裡照鏡子？你以前都不照鏡子。」

「你在偷看我哦？」

「哪有！我不是偷看，你又沒關門，我只是看到了嘛！你幹麼一直照鏡子？」

啊！女生真煩，她們老愛問問題，不管你想不想回答。

「我照鏡子是因為我下個禮拜要上臺講話，我沒上臺講過話，我要練習。」

「唔，要練習哦？」

「你走開嘛，你在這裡害我都練習不下去了！」

「我又沒吵你！你練什麼呀？」

文彥彥氣得只想罵她煩，可是想想這傢伙如果不回答她問題，她就給你個死纏爛打（當然啦，如果你回答了，她又會另外生出些奇怪的問題）。唉！媽媽當年生的如果

是弟弟就好了……

「唉！」

「你幹麼嘆氣？」

唉！如果可以用妹妹換個哈齊齊來就好了！

「我練習看人，余阿姨教我的，她說演講是講給人聽的，所以要好好看著那些聽講人，你要看人家，人家才會看你，這樣你講的話才有人聽。」

「鏡子裡沒人呀！」

「當然沒人，可是我又不能去抓個人來坐在這裡被我看，我只好學著自己看自己！」

「看自己幹麼？你又不是講給自己聽！」

「有自己可以看還不錯，我以前都沒有好好看過自己，最近看自己，才發現自己很愛皺眉毛，我要小心。」

「你本來就很愛皺眉毛！」妹妹發表完高論立刻想起個主意來，「咦？你就看著我講就好了呀！我也是人呀！」

妹妹說不清「人」字，她說的是ㄌㄣˊ，聽起來有點像提高了聲調的「冷」。

　　「唉！唉！唉！你煩不煩啊，ㄌㄣˊ，ㄌㄣˊ，ㄌㄣˊ，連個人字也不會說，今天是星期六，我趁爸媽還在睡覺，早一點進到廁所來練習，你為什麼偏偏也這麼早爬起來，起來又囉嗦，我真是倒楣啊！」

　　彥彥愈說愈大聲，妹妹哇的一聲哭了出來。

　　「我又沒怎樣，我只是說，我也是ㄌㄣˊ，你要學看ㄌㄣˊ，看我就好，你就凶我。」

　　這一次，文彥彥倒是安靜下來，好好看了妹妹一眼。唉！我真能做天使嗎？我連一個妹妹都受不了，怎麼辦呢？妹妹穿著一件淺綠色的睡衣，衣服上有一隻貼上去的白色小貓，小貓的臉是笑的，可是妹妹哭得稀哩嘩啦！

　　「喂，愛哭鬼，去擦擦臉啦，哭成這樣很醜喔，笑一個嘛，你笑起來很漂亮哦！就像你衣服上這隻小貓一樣漂亮喔！」

「她不叫小貓，」妹妹哭得一噎一噎的，卻仍然急著要捍衛小貓的名譽，「她是有名字的，她叫『喵喵公主』！」

「哇！『喵喵公主』！這麼好聽的名字，誰幫你取的？」

「余阿姨幫我取的，這件衣服也是余阿姨送的。我上次有告訴你，你都不理我，你都忘了，你都這樣——」

「對不起啦！不好意思啦！不要哭啦！我現在正看著你哦，連你的眼淚鼻涕都看見了呢！去擦擦臉啦，你動作快一點，爸媽快起床了，他們也要用這間廁所，我先到客廳去等你，你不是說叫我看著你講嗎？我就來看著你講，要我看你，你可要頭髮梳梳臉洗洗。」

　　妹妹立刻不哭了，她接過哥哥遞來的毛巾，認真的洗起臉來，彥彥去了客廳，把妹妹的小凳子放好，又去找了個小木頭箱子來做小講臺。木頭箱子是爸爸去賣洋酒的伍叔叔那邊「拿」的，爸爸拿了很多。那時候文彥彥還小，剛會數數，可以數到二十不會錯，而爸爸拿的是二十一個，爸爸用它放書也放文件。

　　不過，最先想到這點子的人是媽媽，她是環保媽媽，她說那些裝洋酒的木箱丟了也是丟了，不如去要來做點用處，它們也曾是森林裡的樹呢！

　　媽媽這人很特別，她每次撿東西得到一點利益，她都會捐一筆錢出去。像這些木箱子，她說如果她去買一個書

架，本來要花三千元的，現在既然省下來了，就該捐出去，那時候剛好有個風災，她就捐了三千元。

　　現在，文彥彥便站在這種木頭箱子上，而妹妹也洗好臉出來了，她的眼睛還是紅紅的，文彥彥有點內疚——奇怪，以前他看妹妹哭只會生氣，現在他知道自己錯了，妹妹也是人（雖然她說不清楚「人」），她不是小笨蛋，不是小討厭，不是麻煩鬼。而我是小天使，我該好好關心她。

　　「各位老師，各位同學，噢，不對，各位敬愛的老師，各位親愛的同學……」

　　文彥彥一面說，一面看著妹妹，妹妹笑了，她看起來還真的像那隻什麼「喵喵公主」，甜美、善良，卻又有幾分傲氣。

　　「哥，我也會去你的畢業典禮嗎？」妹妹忽然發問。

　　「對呀，但是你現在不可以說話，因為我現在正在演講，你只可以聽，不可以說！」

　　「等你說完我可以說嗎？」

「可以，但，拜託拜託，求求你，『喵喵公主的女主人』，你千萬要閉上嘴，不然我要怎樣練習呀！」

「我馬上就會閉嘴，不過我要告訴你，『喵喵公主』不是一個人哦，她的國家叫『喵喵國』，她的爸爸叫『喵喵國王』。」

「對啦，對啦，」文彥彥又好笑又好氣，「她的媽媽叫『喵喵王后』，她的哥哥叫『喵喵王子』，我都知道了！」

「咦！你怎麼都知道？余阿姨也講給你聽了嗎？」

「沒有，但是，凡是『不是笨蛋的人』都知道！」

「你不笨呀！」

妹妹顯然沒聽懂他話裡罵人的意思。

「唉！我真笨，我怎麼會答應在你面前練習！」

這句話文彥彥只在心裡暗罵，嘴裡卻沒說出來。他只跑到醫藥櫃前面，找出一卷膠布來。

「你再說話，我要替你貼嘴巴哦！」

妹妹笑了，她說：

「貼呀，貼呀，很好玩哦！要不要我自己來貼？」

唉，你拿這種老妹有什麼辦法！

「各位敬愛的老師，各位親愛的同學：

今天是我們已立幼稚園第二十一屆的畢業典禮……。」

妹妹很專心的在聽，她的眼睛晶亮晶亮又轉來轉去，似乎在想些什麼似的，是在想余阿姨所說的那個喵喵王國嗎？

「你要先學會用眼睛看著人講話。」

彥彥想起余阿姨的話，唉，原來看著人，真不容易，每個人坐在那裡，肚子卻有自己的故事，你必須「搶」，才能把對方的注意力搶回來。

彥彥望著妹妹，微微一笑，繼續講了下去。

──原載二○一○年十二月三～四日《國語日報‧兒童文藝》

風很和氣，一點也不凶

早上起來，天氣非常熱，文彥彥一面喝牛奶，一面嘆了一口氣。

「哥，你又嘆氣了！」妹妹說。

「你很煩耶！」

「你又說『你很煩』了！」

「而且，」爸爸也加入，「你大概又要說『真倒楣！』了。」

「是真的很倒楣嘛，我都禱告了，叫上帝要給我們今天一個好天氣，今天是我們的畢業典禮啊！」

「哦！上帝還聽你『叫』！」媽媽在廚房一面煎蛋一面嘰嘰咕咕在念叨。

「不是『叫』啦，是『拜託』上帝嘛！」

「可是，今天是好天氣啊！」妹妹又囉嗦。

「我要的好天氣不是這種，今天太熱了！」

「你很煩耶！」爸爸說，「你才是個煩人的人，如果我是上帝，我會說文彥彥，你老幾？我上帝又不是你文彥彥一個人的上帝，如果有個賣雨傘的來求我：『趕快下雨吧，這樣才有人來買雨傘。』那，怎麼辦呢？」

「啊！雨傘，」妹妹自顧自說話的老習慣又犯了，「昨天媽媽給我買了一枝粉紅色的小雨傘，是我一個人用的，你們都不可以用哦！」

妹妹神經病，她的那把傘那麼小，小得像蘑菇，誰能拿她的傘來打？

「這麼風和日麗如果還不算好天氣的話，」媽媽把彥彥愛吃的太陽煎蛋和妹妹愛吃的番茄炒蛋都拿上桌來，

「那什麼才叫好天氣？」

「什麼叫『風和日麗』？」

彥彥也是第一次聽見這四個字，但他忽然覺得，妹妹也怪可憐的，大人講話，她常聽不懂，要問，也常會挨我罵，我來幫她解釋一下吧，於是他說：

「風和日麗，就是風很和氣，一點也不凶，太陽——很美麗！」

妹妹楞了一下，露出狂喜的面容，並且立刻丟下筷子離開座位，跑到前陽臺去，嘴裡還大聲叫著：

「哇！風很和氣——一點也不凶，太陽——很美麗。」

房子小，坐在餐桌上的三個人和陽臺上的妹妹距離只有六公尺，她的頭髮在和風中微微揚起，她瞇著眼睛享受和風與陽光的愛撫。她的笑客宛如喵喵公主一般可愛又高貴。

文彥彥大吃一驚，原來妹妹不煩人，只要你好好把一

句話講解給她聽，她聽懂了，就能樂成那樣！

「風很和氣，一點也不凶

太陽──很美麗」

她翻來覆去說那兩句話，像個小白痴，但妹妹不是白痴，她很聰明。

「如果你是上帝，」爸爸說，「你喜歡那個早上起來就埋怨天氣的文彥彥，還是喜歡那個高高興興享受天氣的文常常呢？」

彥彥起先不說話，過了一下才說：

「我也不是為自己，今天是我們學校的畢業典禮耶！」

媽媽幫著在一旁打圓場，她說：

「如果我是上帝，我會抱著文常常親一下，說：『哇！好可愛的小女孩』！然後，我會拍拍文彥彥的肩膀說：『嗨，大男孩，你先別急，我做事有我的方法，你現在有點長大囉，你要慢慢弄懂我的方法，學我的方法，以

後你要做我的好幫手哦！』」

　　文彥彥的眼淚快要掉下來了，奇怪，文家一家人都沒信任何宗教，但媽媽卻好像很懂上帝似的，難道媽媽也是天使嗎？她是常常接近上帝而開始懂得上帝的天使嗎？剛才爸爸問那樣的問題，他覺得不公平，爸爸雖然沒說答案，但他覺得那答案顯然是上帝只愛妹妹不愛我──可是這是不公平的，我要上臺，我要穿著畢業禮服，我要講話……我很累，我想要有個涼爽的天氣，我希望大家都能享受涼爽的天氣──雖然，現在是夏天。可是，媽媽出來講的話真好，真讓人想哭。

　　這一天的畢業典禮安排在晚上，為了讓上班的爸爸媽媽都能來，典禮在晚上七點十五分開始，小朋友手裡都有一只陶杯，杯裡點著一枝紅蠟燭。這陶杯是幼稚園隔壁一間小學裡的大哥哥大姐姐做了送給幼稚園的，杯底還有簽名和日期，看來是五年前送的。

　　已立幼稚園大班有三班小朋友總共六十二人，這三班分別叫做智班、仁班和勇班，彥彥在智班。這三班小朋友現在正在園長和老師的帶領下，繞校園一周。彥彥走過一棵棵的樹，還有老天使王伯伯愛坐在那裡彈古箏的大石頭，還有廚房（有多少好吃的紅豆湯或麵線從那裡面端出來啊！）還有睡午覺的房間，還有一次因為跑太快跟黃靖雄頭碰頭撞在一起的走廊……

　　本來，媽媽曾樂觀的說，到了晚上天氣自然會涼快一點，但是媽媽說錯了，天氣一點也沒涼快，完全跟白天一樣熱，唉，現在連說一句「真倒楣」也不能說，媽媽聽了不喜歡，可是，這種事如果不是倒楣又會是什麼呢？媽媽很妙，媽媽說，沒什麼啦，這不叫「倒楣」，這叫「碰上了」。

　　終於隊伍繞回來，大家又繞著觀眾席上的爸爸媽媽爺爺奶奶外公外婆阿姨舅舅叔叔伯伯走了一圈，觀眾席上有一個叔叔舉起照相機，大聲說：

「哇，我拍到天使了！」

彥彥回顧，因為燈熄了，小朋友每人手裡燃著一根放在陶杯裡的紅蠟燭，把小臉照得光燦燦的，大家看起來真的都有點像天使呢！連平時講話有點凶的曾格致也很像，而藍如斯更像，她的頭髮上左右各夾一根星星圖案的髮針，兩根髮針是藍色晶鑽鑲的，至少在文彥彥看來像真鑽石，燭光下，它們是如此閃爍生輝，襯得藍如斯高高白白的額頭華美無比。

快回到座位之前，彥彥看見有人正為藍如斯拍照──因為她身上的鎂光燈亮個不停，彥彥順著方向看過去，發現原來藍家爸爸來了，旁邊還跟著一個黑黑的菲傭。彥彥想起來，她大概就是瑪德蓮娜了，瑪德蓮娜看藍如斯的眼光充滿愛寵。

「啊！」彥彥心裡想「藍如斯的媽媽在醫院裡，可是這個瑪德蓮娜卻很愛藍如斯，上次藍如斯說瑪德蓮娜在菲律賓也有小孩，小孩也跟藍如斯一樣大，也是女的，

名字叫依莉莎白，瑪德蓮娜也就常叫藍如斯伊莉莎白。啊！不知道有沒有人在菲律賓幫瑪德蓮娜愛那邊的伊莉莎白……。」

典禮進行的時候，先是園長說話，然後是家長代表，最後是畢業生致辭。三班畢業生中仁勇兩班都是女同學做代表，她們兩個合起來朗誦了一首詩。

輪到彥彥上臺的時候，已是典禮的尾聲了，彥彥舉目一望──其實這陣子彥彥已養成習慣，去看著人說話，此刻他看見老天使王伯伯，他看見天天陪小朋友坐車的張阿姨，他看見今天特別穿了一件長旗袍的園長，園長笑的時候，有著一對深深的酒窩，咦，以前我怎麼都沒注意過。他看見爸媽和妹妹，他看見很會講故事的方老師，他看見愛管閒事的唐安怡，以及連雅文，她話雖不多，在文彥彥看來卻是「正牌」的天使，還有「愛哭鬼許菁美」，以及清明節去澎湖掃墓晒得像隻大龍蝦的黃新基……啊，他們的臉是多麼令人難忘啊！

　　彥彥很快就講完了，「原來這場麻煩這麼快就結束了，我講得不太壞也不太好」，他如此告訴自己。但在四分鐘裡，他卻牢記余阿姨的話，要看著你的觀眾。

　　「你要先聽他們，他們才會聽你。」那天，余阿姨說。

　　「咦，我講話的時候他們是不可以講話的呀！我怎麼可能聽到他們呢！」

　　「你看著他們的身體，他們的臉，他們的眼睛，人的身體全會說話，不完全靠嘴。」

　　彥彥現在懂了。

　　離開幼稚園的時候，王伯伯跑出來跟文彥彥握手，好像他是大人一樣。

　　「彥彥，你講得真好，唔，也許是你的眼神好。以後，加油！」

　　「王伯伯，你也加油！」

　　在那一剎那，彥彥發覺自己和王伯伯是兩個大男人，

兩人一握為定，要一起去為天使事業打拚。

　　「我老了！但我會一路盡力做個老天使。你還小，你將來要好好振興你的天使大業！」

　　王伯伯沒說出來的話，彥彥彷彿也聽懂了。

——原載二〇一〇年十二月十七～十八日《國語日報‧兒童文藝》

九歌故事館 11

誰是天使？

作者	張曉風
繪者	Kai
責任編輯	鍾欣純
發行人	蔡文甫
出版發行	九歌出版社有限公司
	臺北市八德路3段12巷57弄40號
	電話／02-25776564・傳真／02-25789205
	郵政劃撥／0112295-1
九歌文學網	www.chiuko.com.tw
印刷	晨捷印製股份有限公司
法律顧問	龍躍天律師・蕭雄淋律師・董安丹律師
初版	2012（民國101）年4月
定價	**260元**

書號	0174011
ISBN	978-957-444-823-4

（缺頁、破損或裝訂錯誤，請寄回本公司更換）

國家圖書館出版品預行編目資料

誰是天使? / 張曉風著 ; Kai圖. -- 初版. --
臺北市 : 九歌, 民101.04

面 ; 公分. -- (九歌故事館 ; 11)

ISBN 978-957-444-823-4(平裝)

859.6   101003386